LA PASSION DE LA FRATERNITÉ

Erik Orsenna est économiste de formation. Après des années d'enseignement, il devient conseiller culturel du président François Mitterrand, puis il entre au Conseil d'État. Aujourd'hui, c'est un entrepreneur très investi dans le développement durable. Il est par ailleurs ambassadeur de l'Institut Pasteur. Écrivain, membre de l'Académie française, il a reçu le prix Goncourt pour *L'Exposition coloniale*. Vont suivre des contes pour enfants (*La grammaire est une chanson douce*), des reportages sur la mondialisation (*Voyage au pays du coton*, *L'Avenir de l'eau*), des biographies (*Portrait d'un homme heureux : André Le Nôtre, 1613-1700* et *La Vie, la mort, la vie : Louis Pasteur, 1822-1895*) et d'autres romans, dont *Longtemps*, *Madame Bâ*, *Mali, ô Mali* et *L'Origine de nos amours*.

Paru au Livre de Poche :

L'AMITIÉ DES MOTS (coll. « Majuscules »)
BEAUMARCHAIS, UN AVENTURIER DE LA LIBERTÉ
LA CHANSON DE CHARLES QUINT
LES CHEVALIERS DU SUBJONCTIF
DERNIÈRES NOUVELLES DES OISEAUX
DEUX ÉTÉS
L'ENTREPRISE DES INDES
ET SI ON DANSAIT ?
LA FABRIQUE DES MOTS
LA FONTAINE, UNE ÉCOLE BUISSONNIÈRE
LA GRAMMAIRE EST UNE CHANSON DOUCE
HISTOIRE DU MONDE EN NEUF GUITARES
INTÉGRALE AFRICAINE (coll. « Majuscules »)
LONGTEMPS
MADAME BÂ
MALI, Ô MALI
L'ORIGINE DE NOS AMOURS
PETIT PRÉCIS DE MONDIALISATION
1. Voyage au pays du coton
2. L'Avenir de l'eau
3. Sur la route du papier
4. Géopolitique du moustique
5. Désir de villes
6. Cochons. Voyage aux pays du vivant
LA RÉVOLTE DES ACCENTS
SUR LA ROUTE DU PAPIER
LA VIE, LA MORT, LA VIE
VIVE L'OCÉAN ! (coll. « Majuscules »)

Avec Isabelle Autissier :

SALUT AU GRAND SUD

ERIK ORSENNA
de l'Académie française

La Passion de la fraternité

Beethoven

STOCK / FAYARD

ISBN : 978-2-253-26267-1 – 1re publication LGF

À Pierre Nora.

Pour Michel Dalberto (piano),
pour Henri Demarquette (violoncelle).
Désormais ils m'accompagnent.
Figurez-vous ma chance !

PASSION
– *Souffrance, en parlant de Jésus-Christ et des martyrs.*
– *Ancien terme de médecine : certaines maladies douloureuses.*
– *Mouvement de l'âme, en bien ou en mal, pour le plaisir ou pour la peine.*

FRATERNITÉ
– *Liaison étroite de ceux qui, sans être frères, se traitent comme frères.*
– *L'amour universel qui unit tous les membres de la famille humaine.*

(Émile LITTRÉ)

Liberté, égalité, fraternité.
La troisième suffit.
Jules RENARD (*Journal*)

1

Un bonheur allemand

Il était une fois la plus tranquille des petites villes.

Une ville modeste, traversée par le plus intimidant des fleuves : *Vater Rhein*, Père Rhin.

Lorsque commence cette histoire on savoure à Bonn la paix depuis peu revenue après une guerre atroce.

Suite à la folie d'un Frédéric, roi de Prusse, on venait de longuement se fusiller (1756-1763), de s'égorger, de s'étriper, de se violer. Et pas seulement sur le Vieux Continent. En Amérique du Nord (pas moins de trente batailles, dont celle de Fort Niagara entre des combattants tous chaussés de raquettes), aux Antilles (Martinique, Guadeloupe, Dominique, Cuba), en Asie (Chandernagor, Madras, Pondichéry… jusqu'à Manille), en Afrique (Saint-Louis du Sénégal). Cette guerre de Sept Ans fut la première à mériter le qualificatif envié de « mondiale ».

Bilan estimé : un bon million de morts, dont une moitié de civils.

On comprend pourquoi, en cette fin d'année 1770, Bonn goûtait un à un les jours et s'apprêtait à fêter joyeusement Noël.

Il faisait doux, le froid viendrait plus tard.

À Bonn, on n'avait jamais aimé l'agitation.

Aucune industrie ne venait polluer l'air, aucune frénésie commerciale ne bloquait les rues. Il faut dire que, parmi ses douze mille habitants, la plupart étaient fonctionnaires, ou courtisans (ce qui n'est pas contradictoire).

Bonn préférait rester blottie autour de sa cathédrale romane Saint-Martin (cinq flèches, hauteur maximale : 81,4 mètres).

Figurez-vous que, dans ce temps-là, l'Allemagne n'existait pas encore. Son territoire était morcelé entre des dizaines d'États minuscules qui, tous ensemble, composaient le Saint Empire romain germanique. Chacun de ces États miniatures était régi par un prince-électeur. Et chaque prince avait sa cour. Et s'il se battait contre les autres princes, ce n'était que pour attirer auprès de lui les talents : des philosophes pour réfléchir aux meilleurs modes de gouvernement, des peintres pour tirer le portrait de ses enfants, des écrivains pour enchanter les jeunes gens et les femmes, et, bien sûr, des musiciens.

Bonn, la plus tempérée, la plus réservée des villes allemandes.

Après une autre guerre mondiale, c'est pour cette réserve qu'on la choisira plus tard comme capitale, pour sa mesure, tellement étrangère à la morgue de Berlin.

Bonn, pour se faire pardonner l'Holocauste.

Beethoven naît dans ce paradis fragile, le 16 décembre 1770.

Dans le bonheur d'une Europe en paix.

Un endroit du monde qui considérait, avant Nietzsche, que « sans musique, la vie serait une erreur, une fatigue, un exil ». Car l'empereur vivait au loin (Vienne). Quand manque un vrai monarque, c'est la musique qui règne. Dans la plupart des familles on la chante le dimanche, et la semaine, on en joue.

Il est des lieux, et des moments de l'histoire, où surgissent des génies. Pourquoi ? se demande Joseph Rovan, le grand historien de l'Allemagne : « Pourquoi jamais avant, et pourquoi jamais plus après ? » Quelle fut la part du hasard, quelle autre celle de la nécessité ?

2

Le vin et la musique

Telles certaines rivières qui, soudain, comme dans mon cher Jura, disparaissent sous terre pour resurgir plus loin, au fond d'une *reculée*, le parcours de la musique a ses mystères.

Pour quelle raison, quel chant d'oiseau, quel cantique entendu à l'église, quel réconfort à une peine, quel projet de plaire à une fille, pourquoi, un beau jour, le besoin de musique entre-t-il chez un être ?

Et pour quelle autre raison, quelle paresse, quel oubli, quel mauvais professeur, quelle odieuse rengaine maternelle (« Va faire ton piano »), pourquoi la musique s'en va-t-elle, déserte une famille qui l'avait tant aimée, mais ne la mérite plus ?

Les Beethoven viennent du Nord.

En flamand, leur nom veut dire : « champ de betteraves ».

Ils sont signalés à Louvain, dès le milieu du XVIIe siècle, puis à Anvers. Ils y exercent l'honorable commerce du vin. Avant qu'un jeune Ludwig, grand-père de notre héros, ne fuie sa famille pour accomplir son seul rêve, devenir musicien.

Il arrive à Bonn un jour de 1732. Il a vingt ans. Caractère obstiné, il lui faudra... vingt-neuf années pour obtenir la charge qu'il convoite, rendue si célèbre par Bach, celle de Kapellmeister, « maître de chapelle ».

Hélas, le prince-électeur de l'époque est pingre. Les revenus tirés de l'art sont des plus maigres.

Pour compléter l'ordinaire, il faut un autre métier. Louis Ludwig, la mort dans l'âme, doit renouer avec la tradition familiale : le vin. Sans cette activité, sans ces tentations toujours présentes à la maison, sa femme Maria Josepha aurait-elle sombré dans l'alcoolisme ? Qui peut savoir ? Et d'ailleurs, à quoi sert d'imaginer ce qui n'a pas été ?

Quoi qu'il en soit, chez les Beethoven, vin et musique ont toujours eu partie liée.

Et pas seulement pour gagner leurs vies, pas seulement pour trinquer joyeusement entre amis et comparer les crus, en connaisseurs : pour aider à supporter les déconvenues de l'existence, à commencer par la pire des injustices, celle qui répartit si mal le talent. Pourquoi, mais pourquoi saute-t-il les générations ? Pourquoi certain fils se révèle-t-il plus, ou moins, doué que son père ?

Bien qu'éduqué musicalement dès son plus jeune âge, Johann, fils de ce Ludwig, même s'il obtint des postes, n'atteignit jamais le niveau, ni la reconnaissance qu'il jugeait mériter. Et c'est ainsi que la fameuse charge de « maître de chapelle » lui passera toujours sous le nez, toujours, au dernier moment, attribuée à un autre. Pas besoin de psychologie complexe, le simple bon sens suffit pour expliquer la tendance de Johann à oublier dans l'ivrognerie cette cruauté du Créateur. Et sa volonté farouche de reporter sur sa descendance son ambition déçue.

Car, entre-temps, il a créé une famille. La femme qu'il s'est choisie se prénomme Maria Magdalena, une jeune veuve toute douce, fille de cuisinier. Elle va lui donner sept enfants. Oublions un premier Ludwig, né le 2 avril 1769. Il meurt trois jours plus tard.

Âmes sensibles, ne gardez pas non plus trop vive mémoire d'Anna Maria Francisca, ni de Franz Georg, ni de Maria Margarita Josepha : à eux trois, il et elles n'auront vécu qu'à peine mille jours.

Cette soustraction faite, il ne resta plus dans la fratrie qu'un Kaspar Anton Karl, un Nicolas Johann et un autre Ludwig, né le 16 décembre 1770, celui-là décidé à survivre, car bien vite lui fut donné pour mission de devenir le nouveau Mozart.

3

La ronde des professeurs

Comme son père avant lui, Johann n'attend pas que son petit Ludwig prenne de l'âge pour lui enseigner son art. Son fils sera de ces enfants bénis qui apprennent deux langues en même temps, celle qui s'exprime avec des notes et celle qui parle avec des mots. La légende veut qu'encore bébé ou quasi, il grimpait sur les genoux de ses parents pour atteindre le clavier et y promener ses doigts. Conduit par un père plutôt violent, il y travaille des heures. Sans douleur, semble-t-il, ni protestation. Il a découvert que la musique valait mieux qu'une chambre pleine de jouets : c'est un royaume enchanté. Il a compris que les exercices les plus fastidieux étaient les clefs pour entrer dans ce royaume.

Le père se rend vite compte que les dons de son fils réclament un professeur d'un autre niveau que le sien.

Dans cette future Allemagne, irriguée par la musique, passaient de ville en ville des colporteurs d'un genre particulier. Ils n'offraient pas de l'alcool, des élixirs souverains pour en finir avec la constipation ou des almanachs de jardinage respectueux du cycle de la lune. Ils proposaient de la musique. Des partitions, mais aussi des leçons.

C'est ainsi qu'entre en scène un dénommé Tobias Pfeiffer, hautboïste ambulant et bon claveciniste à l'occasion. Il accepte d'interrompre sa route pour s'installer, un an durant, chez les Beethoven. Sa pédagogie avait ceci de particulier qu'elle se moquait des horaires. De retour un peu titubant du cabaret, il sortait le petit élève de son lit et l'obligeait à reprendre ses exercices, jusqu'à ce que l'un et l'autre, épuisés, s'en aillent se coucher.

Cette méthode étrange porte ses fruits et Ludwig progresse. Mais soit que le démon du nomadisme reprenne possession de Pfeiffer, soit que Johann finisse par se soucier du sommeil de son fils, un autre professeur arrive. Et un autre instrument. Le clavecin commençant à s'apprivoiser, pourquoi ne pas tenter l'orgue ? Un vieil homme lui en enseigne les premiers secrets : Egidius van den Eeden, organiste à la cour. Le petit Ludwig se rend aussi presque chaque jour au couvent des franciscains prendre les cours du frère Willibald, un ami de son père. Sa réputation commençant à s'étendre, un autre couvent, celui des Minimes, lui demande de venir accompagner chaque matin la messe de 6 heures. Décidément, la musique en voulait à ses nuits.

Exclusive et jalouse, elle n'eut de cesse de lui faire abandonner ses études. Comment voulez-vous les poursuivre avec un tel emploi du temps ? À onze ans, fin du primaire, il quitta l'école pour n'y plus jamais revenir. Sa culture, vaste et fiévreuse, il se la fabriqua seul et plus tard, de bric et de broc, de lectures en rencontres.

Et d'ailleurs, voici que se présente un autre personnage typique de ce siècle où les êtres n'étaient pas comme aujourd'hui rangés dans une seule boîte tout du long de leur vie. Né en 1748, Christian Gottlieb Neefe avait étudié le droit en même temps que la musique avant d'animer un théâtre ambulant. Il décide de se fixer à Bonn en 1782. Tout de suite, Ludwig l'émeut, ce garçonnet si doué en même temps que si seul. Il le prend sous son aile et l'ouvre à Bach. À propos de son élève, il aura ce joli commentaire : « On peut dire que maintenant il joue couramment *Le Clavecin bien tempéré.* » En complément de sa charge d'organiste de la cour, Neefe dirige l'orchestre du théâtre de la ville. C'est ainsi que Ludwig se retrouve accompagner les représentations de *Hamlet*, du *Roi Lear*, et… des *Brigands*, la pièce d'un poète de vingt-trois ans et des plus prometteurs, Johann Christoph Friedrich von Schiller.

Cet apport, déjà considérable, ne s'arrête pas là. Neefe a tout de suite compris que *pratiquer*, *pratiquer* le mieux possible, n'est pas la seule ambition de son élève. C'est lui, Neefe, qui le pousse à oser inventer, en d'autres termes à *composer* et à présenter ses compositions. C'est encore lui qui, dans une chronique non signée adressée au *Magazine musical*, annonce que « Ludwig van Beethoven… vient de faire graver à Mannheim *Neuf variations pour clavier sur une marche de Dressler*. Ce jeune génie mérite d'être soutenu… Il deviendra certainement un second Wolfgang Amadeus Mozart s'il continue comme il a commencé. »

Une vie, tout compte fait, se résume à la confiance.

Qui croit en vous vous rend digne de cette confiance.

Et c'est ainsi que monte la vie, de marche en marche, en surprises toujours plus grandes d'avoir, du seul fait de la confiance, rendu possible l'impossible.

Mais chaque existence a son rythme, entretenant avec le temps une relation singulière. Certaines cavalent, d'autres ont besoin d'engranger. Mozart compose sa première symphonie à huit ans. Beethoven attendra d'en avoir trente.

4

Un voyage d'hiver

— Mon fils, l'heure est venue.

— Quelle heure, papa ?

— L'heure de rendre un peu de ce que je t'ai donné en t'apprenant la musique. Tu es notre Mozart. Je t'ai organisé des concerts.

— Mais, papa, je ne suis pas aussi bon que Mozart, tu n'arrêtes pas de me répéter que je joue moins vite, et surtout moins léger !

— Peut-être que je me trompe. Et puis le temps a passé, ils ont oublié le Wolfgang. Et ils s'ennuient tant dans leurs salons, dans leurs palais…

— Quand partons-nous ?

— Dimanche. Mais je ne peux pas vous accompagner. J'ai ma charge auprès du prince-électeur, et puis tu sais bien, mon commerce de vin. Le vin et le prince, de quoi vivrions-nous sans eux ?

Une main se pose sur son épaule. En seulement cinq doigts et une paume, comment tant de lourdeur peut-elle se trouver dans une main ?

— Allez, Ludwig, je compte sur toi. Nous comptons tous sur toi.

C'est lui, ce père, qui a eu l'idée du voyage.

L'exemple de la famille Mozart le hante. Chez les Mozart aussi l'argent manquait. Alors on avait promené le petit Wolfgang dans toute l'Europe. Et toute l'Europe avait payé cher pour voir et entendre le petit prodige.

Dans les foires, on fait danser les ours. Pourquoi ne pas faire jouer les enfants ? L'habitude est fréquente, à l'époque. On appelle ces petits périples, à visée pécuniaire, des « tournées de virtuosité ». Plus le virtuose est jeune, plus le phénomène émerveille et plus l'aumône des spectateurs est généreuse. Voilà pourquoi Johann a toujours triché. Au lieu du 16 décembre 1770, il fait naître son prodige tantôt un an, tantôt deux ans plus tard. Chacun son rôle dans la famille Beethoven : la mère met au monde, le père choisit la date.

Mais partir quelques jours en voyage lointain, seul avec sa maman, quel enfant n'en rêve ?

D'autant que cet enfant-là n'a pas onze ans. On n'est pas grand à cet âge. Le bébé n'est pas si loin. Il revient, par bouffées. On dirait qu'il attend derrière la porte.

Et cette maman-là, Maria Magdalena, est douce, si douce, souvent triste, d'accord, absente, perdue dans des rêves, et fragile, on a peur de la casser, mais si tendre, deux bras toujours ouverts, un nid où se blottir, un refuge quand gronde le père.

C'est ainsi qu'un jour de fin novembre 1781, la maman et son fils se retrouvèrent dans un bateau qui remontait vers le nord. Et il faisait froid, si froid sur le Rhin. Un froid de gueux. Un froid tel que, d'après les souvenirs d'une amie, Maria Magdalena « n'avait cessé de tenir dans son sein les pieds glacés de son petit garçon pour les réchauffer ».

Ce voyage en Hollande, retour à l'une des sources de la famille, ne répondit pas aux espérances. À Rotterdam, la bonne société admira le jeu de Ludwig, on lui fit fête dans de grandes et belles maisons. Mais pas question pour autant de se montrer généreux. Ses exhibitions furent loin de rapporter autant qu'espéré.

Après de longues semaines épuisantes, la mère et l'enfant revinrent à Bonn, humiliés, honteux d'annoncer cet échec à Johann. Ludwig se jura de ne plus jamais remettre les pieds dans ce pays de « liardeurs ». Lisant son courrier, j'ai cherché le sens du mot. Il vient, selon Littré, du verbe « liarder » : « payer liard à liard, donner à chacun une petite somme. » En d'autres termes, plus radicaux, un « liardeur » est un avare.

Quoi qu'il en soit, les Beethoven, virtuosité du fils ou non, se retrouvèrent aussi pauvres après qu'avant ce voyage d'hiver.

5

Le havre d'une famille adoptive (I)

Havre : port de mer, refuge
Havre de toutes marées : port avec de l'eau suffisante pour entrer en tout temps

1782.

De retour du froid hollandais, un sourire l'attend.

J'ai eu beau chercher, je n'ai trouvé nulle part racontées les circonstances exactes de la rencontre avec le premier ami de sa vie, le plus proche, le plus fidèle, qui l'accompagnera jusqu'à la mort.

Dommage ! Les coups de foudre de l'amitié valent autant un récit que ceux de l'amour. On y trouve le même vertige, le même alliage rare de hasard et de nécessité, et bien souvent plus de promesses.

On sait seulement que Franz Gerhard Wegeler rendait souvent visite à un camarade dans la maison voisine de celle où habitaient les Beethoven. Franz est un « grand », un « vieux » de dix-sept ans, qui se destine à la médecine. Quel intérêt trouve-t-il à ce « petit », de cinq ans plus jeune ? Son air perdu, mêlé d'orgueil ? Ses blessures, évidentes, et sa croyance, déjà, en son destin ? Bientôt, ils ne se quittent plus. Les vents mauvais pourront souffler, et Dieu sait qu'ils ne vont pas s'en priver, Ludwig ne sera plus jamais seul.

Et c'est Franz, décidément bon ange, qui lui apporte un deuxième cadeau, la rencontre des Breuning.

Cette famille est meurtrie car son chef, « conseiller aulique » (une espèce de conseiller d'État), est mort en héros, d'une sorte d'héroïsme qui ne peut que ravir le triple amoureux que je suis, d'administration, d'écrits et d'histoire. Il a péri cinq ans plus tôt, le 15 janvier 1777, dans l'incendie qui ravagea le palais du prince-électeur : il avait tenté jusqu'au bout d'en sauver la bibliothèque dont il avait, entre autres responsabilités, la charge.

Malgré cette disparition, la veuve Hélène et ses quatre enfants vivent dans une certaine aisance. Chez eux, on vénère la culture. Surtout, on se parle toujours avec respect et dans la bonne humeur. Personne ne s'emporte, car on boit modérément, juste assez pour accompagner la gaieté. Beethoven ne peut pas croire un tel paradis possible. Sur recommandation de Franz Gerhard, il apprend le clavecin à Éléonore-Brigitte (surnommée Lorchen), seule fille parmi trois garçons.

Imaginez la leçon. Le professeur a douze ans, l'élève dix. Comment pourraient-ils ne pas s'aimer, la si jeune élève le si jeune professeur, le si jeune professeur la si jeune élève ? Et s'ils ne s'aiment pas vraiment, s'ils ne s'aiment pas encore, la musique les unit, qui monte de leurs doigts enfantins presque mêlés.

Dans cette famille de rêve, Ludwig vient et revient. Il finit par y passer des nuits. On le prend bientôt pour un autre fils Breuning, le frère d'enfants orphelins alors que lui a toujours son père, et une « vraie » famille. L'amitié et l'adoption furent ses premières fraternités.

6

Éloge d'un Habsbourg

Les princes se suivent et ne se ressemblent pas. Ma mère, monarchiste convaincue, voyait dans cette biodiversité une respiration qui valait bien, assurait-elle, l'alternance démocratique.

Clemens-August de Bavière qui régna sur Cologne et Bonn jusqu'en 1761 ne prenait son plaisir que dans le faste et les arts : tant se succédèrent, trente-cinq ans durant, les fêtes et les commandes aux plus grands créateurs, qu'à sa mort le Trésor public se trouva fort démuni.

Par chance pour les finances locales, son successeur, Maximilian-Friedrich avait été doté par Dieu du caractère opposé. Il se croyait venu sur Terre investi d'une seule mission : économiser. La plus extrême rigueur devint la règle tout le long du Rhin. L'art étant pour lui agitation inutile tout autant que dispendieuse, la culture et ceux qui la faisaient vivre souffrirent le double martyre du mépris et de la parcimonie budgétaire. Les musiciens furent les plus cruellement frappés : à quoi peuvent donc servir les notes, quand on dispose de mots pour s'exprimer ?

Lesquels mots sont-ils d'ailleurs bien utiles ? La sagesse populaire n'affirme-t-elle pas, en bonne gestionnaire des deniers publics, que seul le silence est d'or ?

Au vif soulagement général, ce liardeur rend le dernier soupir le 15 avril 1784.

Le temps est venu pour un bon prince de monter sur le trône. Né en 1756, Maximilian-Franz de Habsbourg n'était rien de moins que le frère de Marie-Antoinette et de l'empereur Joseph II, celui-là même qui, grâce aux rabotages de Lorenzo da Ponte, avait fini par autoriser Mozart à mettre en musique la pièce ô combien sulfureuse de Beaumarchais, *Le Mariage* (devenu *Noces*) *de Figaro*.

Ce nouveau prince-électeur est l'incarnation du rêve des philosophes : un despote éclairé.

Il a lu Diderot, et Voltaire, et d'Alembert. À peine aux manettes, il enchaîne les réformes : suppression de la torture, transparence des procédures administratives, création d'une université.

Ce Habsbourg très particulier restera toute sa vie fidèle à des idées que sa famille était loin de partager. Lorsque vient 1789, il refusera de s'allier aux ennemis de la Révolution et interdira sur son territoire le rassemblement d'aristocrates immigrés.

*

Sur Bonn souffle un vent nouveau, dont il faut bien reconnaître qu'il vient de la France voisine et de ses philosophes. Mais *qui précède de cinq ans* notre Déclaration des droits de l'homme.

Par ailleurs, ou ceci expliquant cela, ce Habsbourg se nourrit et s'abreuve de musique. Séduit par Mozart, il a failli l'embaucher. Comme tous les puissants, une nuée de courtisans lui collent aux basques dans le moindre de ses déplacements, mais, peut-être par antidote aux loukoums de leurs flatteries, il se fait toujours accompagner par son orchestre privé : la musique est plus libre dans son propos laudatif, en tout cas plus subtile.

Sitôt arrivé à Bonn, il réclame un rapport sur les musiciens employés à sa cour. Le ténor Johann van Beethoven est ainsi présenté : « Depuis longtemps en service… conduite passable… sa voix se perd. » Les appréciations sur le fils sont plus élogieuses : « Bonne capacité, encore jeune, bonne discrète conduite, et pauvre. Il ne reçoit aucun traitement alors qu'il sert depuis deux ans… En l'absence du Kapellmeister Luchesi il a tenu l'orgue. »

La conséquence ne tarde pas : il est décidé d'enlever quelques florins au traitement du père et de nommer le fils second organiste.

Voilà ce petit garçon de treize ans pourvu d'un emploi et d'un salaire. Lequel est bien trop modeste pour subvenir aux besoins de sa famille. Car c'est à lui qu'incombe maintenant la charge principale. Son père boit de plus en plus et l'on vient de découvrir chez sa mère une tuberculose déjà sévère. Ludwig n'a pas d'autre choix que de multiplier les leçons, malgré son peu de goût pour l'enseignement, à son âge on peut le comprendre. Et on imagine que déjà il se sent un autre destin que celui d'entendre des fausses notes du matin au soir. Alors il se perd dans ses pensées. Il court se réfugier dans un grenier pour y regarder longuement le Rhin. Bientôt, on ne s'étonne plus trop de ses « sautes d'humeur ».

Trois années passent, dans la course perpétuelle. Et dans cette guerre, qui durera toute sa vie, entre les contraintes économiques et la liberté de créer.

Un temps largement suffisant pour permettre au prince-électeur de repérer le talent de son organiste adjoint. Lorsqu'il lui est suggéré de laisser le jeune homme aller à Vienne, capitale incontestée de la musique, pour y parfaire une éducation encore très incomplète, il donne sans hésiter son autorisation. Le salaire de Ludwig lui sera conservé.

7

Croiser Mozart, perdre sa meilleure amie

Pour un peu, honte sur moi, j'allais oublier un autre ami, et pas des moindres : Ferdinand, comte Waldstein-Wartenberg, neveu, notamment, de Wilhelmine von Thun. Rien qu'à ces patronymes, on devine la surface sociale du garçon. Pianiste amateur mais passionné, il a croisé, et tout de suite admiré, ce Ludwig, plus jeune que lui de cinq ans. C'est lui, le comte Waldstein, qui va recommander Beethoven au prince-électeur. C'est lui qui, chaque mois, lui fera verser, discrètement, des subsides. C'est lui encore finance le voyage à Vienne.

Nulle dédicace (de la sonate en *ut* majeur, opus 53, dix-sept ans plus tard) ne fut plus méritée !

Vienne est l'un des pôles politiques de l'Europe, la capitale d'un Empire vieux de près de dix siècles, le siège d'une dynastie qui règne depuis quatre cent cinquante ans.

Vienne, c'est surtout l'Olympe de la musique, là où séjournent ses dieux, là où il faut demeurer si l'ambition vous hante de devenir l'un d'entre eux. Ne dit-on pas que l'air de Vienne est musique ? C'est en ce lieu béni de la planète, et nulle part ailleurs, qu'il faut forcer sa chance.

À Vienne, en ce printemps 1787, personne n'attend ce gamin de dix-sept ans, malgré les lettres de Waldstein. D'ailleurs, nous ne savons presque rien de ce premier séjour. Il est seulement à peu près certain que son souhait le plus vif fut exaucé, celui de rencontrer Mozart. Pour prendre une leçon ou pour montrer ce dont il était capable ? La légende veut qu'une de ses compositions ait déçu mais qu'une improvisation, sur un thème donné, ait favorablement impressionné. Pour le reste… Qui peut savoir ce que se dirent, ou, plus probablement ne se dirent pas, les deux génies, celui qui n'avait encore presque rien composé et le déjà célébré dans toute l'Europe, alors en pleine écriture de son *Don Giovanni* ?

Il est probable que Mozart ait beaucoup plus parlé que Beethoven, pétrifié d'admiration.

Peut-être ont-ils comparé leurs jeunesses ? Celle de Mozart s'en était allée. Il avait déjà trente et un ans et venait de perdre son père (le 28 mai).

La guerre est un autre sujet possible. « Vous rendez-vous compte de votre chance ? a peut-être remarqué Mozart, depuis votre naissance, l'Europe est en paix. À votre âge, je n'avais entendu que le canon. »

La question de l'existence à Vienne fut sans doute abordée. J'imagine bien le conseil de Mozart : « Méfiez-vous de ces gens-là, ils vous applaudissent mais vous méprisent. Et pas plus pingres ! » Rires grinçants.

Beethoven remercie, prend congé, et recommence à attendre.

Puisque aucune autre porte ne s'ouvre, autant repartir à Bonn. Où l'attend le pire. Mi-juillet, sa mère Maria Magdalena, malade de phtisie depuis des années, rend le dernier soupir.

Beethoven écrit son désespoir à son cher Franz Wegeler parti étudier la médecine à Berlin :

> C'était pour moi une si bonne, une si aimable mère, ma meilleure amie. Oh ! qui donc était plus heureux que moi, alors que je pouvais encore prononcer le doux nom de mère, et qu'il était entendu, – et à qui puis-je le dire maintenant ? Aux images muettes que mon imagination compose à sa ressemblance ? Depuis mon retour ici, je n'ai encore goûté que peu d'heures agréables ; tout le temps j'ai eu des étouffements et je dois craindre qu'il n'en résulte de la phtisie ; à cela s'ajoute encore la *mélancolie*, qui est pour moi un mal presque aussi grand que ma maladie même. Pensez maintenant à ma situation, et j'espère recevoir votre pardon pour mon long silence… je dois vous prier d'avoir encore quelque patience avec moi ; mon voyage m'a coûté très cher, et je n'ai ici aucun recours, pas même le moindre, à espérer ; ici, à Bonn, le *Destin* ne m'est pas favorable…

Il reste à Beethoven deux frères, Kaspar Karl (treize ans) et Nicolas (onze ans) ainsi qu'une sœur, Maria Margarita. Mais elle aussi mourra, en novembre.

Quant au père, Johann, réfugié dans l'alcoolisme, il manque à ce point d'argent qu'il ira vendre au marché les robes de sa défunte épouse.

Plus que jamais repose sur les seules épaules de Ludwig ce qui demeure de cette famille maudite.

La seule lumière éclairant quelque peu cette sombre époque lui vient de premières amourettes. Avec une Jeannette, suivie d'une Barbara, commence un fil qui sera celui de sa vie : des passions aussi violentes que vite remplacées, et jamais réciproques.

8

Éloge de Bonn et des nuits enchantées du Quai d'Orsay

1789.

Le 14 mai, Beethoven s'inscrit à l'université pour y suivre des cours de littérature allemande. Les conversations entendues chez les Breuning lui prouvaient, chaque fois, la profondeur de son ignorance. Rappelons qu'il avait quitté l'école à dix ans.

Cette université de Bonn, créée seulement trois ans plus tôt, était à l'image du prince-électeur : éclairée par les Lumières, passionnée par les idées nouvelles.

Lorsque parvient sur les bords du Rhin la nouvelle que la Bastille, cette prison symbolique, a été prise par le peuple, l'enthousiasme n'emporte pas seulement les étudiants. Le corps enseignant se lance dans des déclarations enflammées. Le premier à saluer cette Révolution toute proche n'est autre que le responsable du cours de littérature allemande, le professeur de Beethoven, Euloge Schneider. Nous le retrouverons.

Décidément, Bonn n'est pas celle que l'on croit. Sous la tranquillité apparente de ses collines, sous la déférence affichée de ses fonctionnaires, grondent de folles espérances pour l'humanité. Devineriez-vous de tels rêves de maçonnerie dans cette ville aux maisons modestes ?

Juste deux siècles plus tard : automne 1989.

Période d'identique bouleversement, de mêmes croyances en la possibilité d'un avenir fraternel et radieux. Souvenez-vous : accompagné par le violoncelle de Mstislav Rostropovich, le mur de Berlin s'ouvrait à la liberté. Bientôt la démocratie et l'économie de marché répandraient leurs bienfaits sur l'entièreté du monde.

Je me rappelle un soir au Quai d'Orsay, plutôt le début de la nuit. En ce temps-là, j'avais provisoirement quitté le Conseil d'État pour devenir « conseiller auprès du ministre des Affaires étrangères ». Tout est dans la préposition : « auprès ». Auprès veut dire que vous appartenez au cabinet, mais hors hiérarchie. L'époque était agitée. On apostrophait sans cesse la France, à l'ONU et ailleurs : alors que vous célébrez la fin du dictateur roumain Ceausescu, pourquoi continuez-vous à soutenir les tyrans au sud du Sahara ? Tel était mon « dossier » prioritaire, la « refondation de notre politique africaine. »

Et c'est ce soir-là, plutôt ce début de nuit, que j'ai reçu ma première (et dernière) leçon de maçonnerie. Au terme d'une journée des plus actives, appel du ministre : j'ai peut-être besoin de vous. Au pas de course, traversée du ministère désert où je ne croisai qu'un chat, notre mascotte, un animal comme chacun sait plénipotentiaire.

Roland Dumas m'attendait.

— Pour remettre un peu de lumière dans vos idées, je me suis dit que Mozart vous ferait du bien.

L'officier de police/garde du corps glissa une cassette dans le magnétoscope.

Et c'est ainsi que, jusqu'à plus d'heure, le ministre des Affaires étrangères de la République française, par ailleurs ténor de qualité et franc-maçon convaincu, m'a expliqué, scène après scène, cet opéra de l'initiation qu'est *La Flûte enchantée*. Après bien des épreuves, la Lumière réussit à triompher de la Nuit, pourtant incarnée par une reine redoutable ; le gentil prince Tamino finit par mériter la sublime Pamina, tandis que sur la Terre règne la triple alliance de la force (*Stärke*), de la beauté (*Schönheit*) et de la sagesse (*Weisheit*).

Née en Écosse dès la fin du XVIe siècle, grandie en Angleterre, la franc-maçonnerie s'est développée au XVIIIe tout le long du Rhin. Et l'université de Bonn, à peine ouverte, en était vite devenue l'un des centres les plus actifs. Une franc-maçonnerie rhénane en relation avec sa sœur bavaroise, la plus radicale, celle de ceux qu'on appela les *illuminés*.

Beethoven fut-il maçon, au moins dans sa jeunesse ? Tout porte à le croire. Quoi qu'il en soit, il vécut dans cette mouvance, qui se passionna pour la Révolution française.

Une musique pour l'humanité, c'est aussi l'objet de *La Flûte enchantée*. Si Mozart et lui se sont seulement croisés à Vienne, si Beethoven garda toujours l'impression d'avoir manqué celui qu'il admirait tant, ce même esprit-là, l'esprit de Bonn et du Rhin, les réunit pour jamais.

9

La Révolution française et l'Allemagne

Lorsque la Bastille est prise, Beethoven a dix-huit ans.

Les événements qui suivent vont bouleverser sa jeunesse et le reste de sa vie.

Comme l'écrit Joseph Rovan, « la Révolution française est un des grands événements de l'histoire allemande ». Et pas seulement pour la raison que la France était la première puissance économique et culturelle du continent, celle dont le moindre mouvement affectait dans l'instant l'Europe entière, pour le meilleur et pour le pire.

En 1789, même si Paris avait été l'une des premières capitales des Lumières, la France avait pris du retard. La plupart des innombrables États allemands, dirigés par des despotes souvent éclairés, avaient engagé des réformes encore interdites à l'ouest du Rhin. Réformes qui avaient déjà eu pour effets « de substituer à l'arbitraire le règne de la loi, de promouvoir l'égalité des citoyens, de garantir l'intérêt général aux dépens des privilèges… ». Sous l'impulsion de Frédéric II, la Prusse s'était dotée d'un ensemble législatif sans équivalent, aussi cohérent que complet. Et beaucoup de ses confrères princes-électeurs l'avaient imité. Si bien que longtemps méprisés par leurs voisins gaulois comme lourdauds et frustes, les Allemands eurent la satisfaction, en juillet 1789, de se constater précurseurs. Au fond, cette Révolution n'était qu'un rattrapage ! Cette admiration, un rien condescendante, ne dura pas. Chacun sait que les Gaulois répugnent à se mouvoir. Mais, une fois partis, ils ne savent pas s'arrêter !

Si bien qu'au fur et à mesure de l'enchaînement des événements, l'opinion se divisa. Une majorité s'effraya de la Terreur. Tandis que pour certains, intellectuels minoritaires, la France montrait la voie. Imitons-la ! Et Rovan de citer un long poème de Friedrich Klopstock, un des phares du mouvement *Sturm und Drang*. En vers hexamètres, pour que nul n'en ignore, il exalte les révolutionnaires. Ils ont repris à l'Allemagne le flambeau de la liberté : « Non pas nous, mais eux, eux à nouveau. »

Dans la millénaire compétition entre les deux peuples, la France retrouvait la tête.

Çà et là, en Saxe, en Silésie éclatèrent des jacqueries de paysans et d'ouvriers, plus dictées par la misère que par un prétendu « complot international de jacobins », contrairement à ce que clamèrent les princes.

Après les massacres de septembre et surtout l'exécution de Louis XVI, les États et principautés germaniques se persuadent que leur voisine a plongé dans une folie qui peut être contagieuse, et de toute manière sera meurtrière. Ils avaient vu juste.

Le long intervalle de paix s'achève.

La guerre revient.

Elle sera générale, durera vingt-cinq ans, pratiquement sans répit, et touchera l'entièreté de l'Allemagne.

La rive gauche du Rhin sera occupée pour partie dès 1794, et découpée en départements… français d'où les gamins seront arrachés pour rejoindre les armées… françaises. Il faut rappeler que pour la campagne de Russie, la Grande Armée de Napoléon compte dans ses rangs plus d'un tiers… d'Allemands. Si vous voulez avoir une plus juste idée de cette horreur, sachez que sur trente mille jeunes hommes enrôlés en Bavière pour marcher sur Moscou, trois mille seulement reviendront du froid.

Quant à l'autre partie de l'Allemagne, elle sera martyrisée jusqu'à Waterloo (18 juin 1815) par des batailles aussi dévastatrices que quasi perpétuelles.

Il fut des terreaux et des temps plus paisibles pour composer de la musique.

10

Un orchestre en goguette, une rencontre décisive

Depuis 1526, le château de Mergentheim, dans le Bade-Wurtemberg, était la résidence officielle des chevaliers Teutoniques. Cet ordre, d'abord hospitalier puis militaire, n'avait plus sa puissance d'antan lorsque, au milieu du Moyen Âge, il était parti s'affronter aux musulmans en Terre sainte. Après y avoir été défait (1291, prise de Saint-Jean-d'Acre par les mamelouks), il s'était replié en Europe où, pour le compte des papes successifs, il guerroyait contre les « païens », notamment les Baltes. C'est Napoléon qui, en 1809, prononcera leur dissolution. Mais, pour l'heure, l'ordre existait toujours. Notre ami, le prince-électeur Max Franz, s'étant un beau jour rappelé qu'il en était le Grand Maître, décida de faire le voyage. Accompagné, comme il se doit par son orchestre. Nous savons qu'il ne se déplaçait jamais sans ses musiciens.

Voici donc la troupe embarquant sur deux bateaux qui remontent le Rhin avant de s'engager sur le Main. Septembre 1791 commence. Il fait beau. L'ambiance est allègre. Sous le regard amusé du prince, un chanteur nommé Lux est élu roi. Il distribue les rôles. Ludwig se retrouve aux cuisines, une tâche qui lui plaît. Chez les Beethoven, la tendance à l'alcoolisme n'avait jamais empêché, aux pires moments de dèche, le goût pour la bonne chère.

L'escapade durera deux mois, jusqu'aux premiers frimas de fin octobre.

Deux mois de bonheur, entre joyeux camarades.

Deux mois de paix, avant que la guerre ne reprenne.

Deux mois sans trop penser à la Révolution voisine qui se fait de plus en plus violente.

Bien sûr, deux mois de musique.

Et l'occasion d'une rencontre, décisive.

*

Jusqu'alors, Beethoven jouait vite et juste mais « dur », comme on le lui reprochait souvent. Ses amis, mine de rien, lui font rencontrer un certain Sterkel, maître de chapelle à Mayence, l'un des virtuoses les plus en vogue et qui, lui, connaît la légèreté. Beethoven écoute. Quand, à son tour, il se met au clavier, on ne reconnaît plus son jeu. Une seule demi-heure d'exemple lui a suffi. Il absorbe et métabolise. Il fait ventre de tout. C'est un ogre. Tout le reste du voyage, il enchantera le prince et ses camarades par d'étourdissantes improvisations.

Ce jour-là, sur quel instrument jouèrent Sterkel puis Beethoven, un clavecin ou un piano-forte ?

Doit-on dater de cet automne 1791 l'abandon du premier pour le second ?

Quoi qu'il en soit, finies les vacances, adieu l'insouciance, la trop brève gaieté. Il faut quitter le bateau pour retrouver la terre dite « ferme », la bien nommée.

*

À Bonn, Ludwig retrouve sa famille toujours désemparée par la mort de Maria Magdalena. Reprend la course folle, d'élève en élève, pour subvenir aux besoins de tous. Et début décembre arrive de Vienne la terrible nouvelle : Mozart est mort. Mais quel âge avait-il ? demandent les gens.Il semblait si jeune, même s'il avait tant écrit.

— Trente-cinq ans, répond Beethoven.

Commençant à connaître notre Ludwig nous pouvons supposer que mêlée à sa tristesse une folle pensée lui vient : la place est libre. Mais j'ai déjà vingt et un ans, il ne faut plus que je tarde. Si je reste à Bonn, j'y végéterai. C'est à Vienne, et seulement à Vienne, que je pourrai me déployer.

Il embrasse ses proches et quitte sa ville natale pour n'y plus jamais revenir. Il emporte avec lui plus qu'une amitié, une passion pour le nouvel instrument qu'il vient de découvrir.

11

Le doux et le fort :
histoire d'une longue passion

La famille du piano remonte au Moyen Âge. La première image montre une sorte de guitare qu'on tient contre soi, un cadre de bois équipé de cordes. On le nomme *psaltérion*, puisqu'il accompagne les psaumes. On va bientôt le doter d'un clavier. Ainsi naît le *clavecin*, un nom partagé par toutes sortes d'instruments peu à peu améliorés. À son sujet, rappelons qu'il sera martyrisé sous la Révolution. Considéré comme un symbole de l'Ancien Régime, il sera volontiers détruit par les enragés. Si bien qu'à la mort de Louis XVI, les clavecins survivants seront, en signe de deuil, peints en noir.

Mais revenons à l'ancêtre direct du grand amour de notre Ludwig.

Il naît à Florence, vers 1700, œuvre du facteur Bartolomeo Cristofori qui le décrit comme « *un cimbalo che fa il piano e il forte* ». Ses notes n'étant plus pincées mais frappées par de petits marteaux, il peut jouer « *piano* » et « *forte* ». Raison pour laquelle on lui donnera vite ce nom de *piano-forte*.

J'ai vécu toute mon enfance auprès d'une tristesse : un piano-forte magnifique mais muet. Le meuble était beau mais son mécanisme détruit. Et mes parents qui se désintéressaient totalement de la musique ne s'étaient jamais préoccupés de le faire réparer. C'est mon frère Thierry, guitariste classique (et psychiatre), qui finira par en prendre soin. Je souhaite qu'aujourd'hui des doigts habiles et attentionnés lui donnent régulièrement du plaisir.

Comme pour le clavecin, les innovations doivent se succéder. Car innombrables sont les difficultés à résoudre : sitôt après avoir frappé les cordes, les marteaux doivent se relever pour ne pas étouffer le son ; il faut qu'ils retrouvent leur situation initiale sans rebondir ; et la vitesse doit s'accompagner de stabilité…

Malgré les possibilités immenses qu'il offre, et d'abord celle d'*exprimer les nuances*, comme son nom l'indique, le piano-forte ne va pas s'imposer sans résistances. Bach n'en veut pas. Et dans une lettre à Mme du Deffand, Voltaire aura contre lui ce mot terrible : « Ce n'est qu'un instrument de chaudronnier. »

N'oublions pas un personnage clé : le facteur.

À l'époque, le piano est encore dans l'enfance, loin, bien loin de l'instrument « adulte », achevé, que nous connaissons. En cette fin du XVIIIe siècle, il ne cesse de progresser grâce au dialogue permanent entre virtuoses et facteurs (vulgairement parlant, les fabricants) ; les seconds tâchant tant bien que mal de répondre aux suggestions, aux exigences des premiers.

Depuis toujours, et l'histoire de la peinture le prouve assez, la technique et l'art se font la courte échelle.

À Augsbourg, Beethoven avait rencontré Johann Andreas Stein, le plus célèbre de ces facteurs, déjà un monument dans l'histoire toute récente du piano. Compositeur en même temps que technicien hors pair, toujours à l'affût de nouveaux perfectionnements, il offrait des instruments qui subjuguaient les plus grands, au premier rang desquels Mozart. Il semble que des liens d'amitié se soient tout de suite tissés entre le jeune homme et ce personnage légendaire. Une nouvelle famille adoptive s'offre à Beethoven car Nannette, fille du maître, va épouser une autre étoile de la corporation, Streicher, lui aussi prénommé Johann Andreas et lui aussi compositeur. Elle reprendra plus tard le glorieux et très élitiste artisanat de son père.

Depuis qu'ils s'étaient rencontrés, lors du voyage en bateau vers les Teutoniques, ils ne se quittaient plus. Le coup de foudre avait été immédiat, suivi par une vie commune. Ils ne pouvaient plus se passer l'un de l'autre. À l'évidence, une passion. La plus longue passion jamais vécue par Beethoven. Et pour une fois, une passion *réciproque*, lui qui n'avait jamais connu (lui qui s'était arrangé pour ne jamais connaître) que des rebuffades. Cette fois, ils s'aimaient, aussi fort l'un et l'autre, s'exploraient l'un l'autre, avec autant de gourmandise, d'émerveillement et d'émotion, cette fois ils grandissaient ensemble. Un Amour, vous dis-je ! Et de la plus belle eau. Un bouleversant amour ! Et le plus fécond des amours, qui allait donner naissance à d'innombrables enfants, des chefs-d'œuvre d'enfants, des chefs-d'œuvre tout court.

À partir du voyage sur le Main, les compositions vont s'enchaîner. Le piano ne va plus savoir où donner du marteau : trente-deux sonates, cinq concertos, vingt variations, plus de trente pièces diverses (bagatelles, écossaises, rondos, lettre à Élise, valses, polonaises…), musiques de chambre (trios, quatuors, quintettes), duos, quatre mains, innombrables accompagnements…

La vingt-neuvième sonate mérite une mention particulière. D'abord par son titre complet : *Grosse Sonate für das Hammerklavier*, « grande sonate pour le clavier à marteaux », comme pour indiquer qu'on en a bien fini avec le clavier.

Et aussi pour l'adjectif *Grosse*, grande, qui dit bien l'ambition de Beethoven dans ses quatre mouvements : « Maintenant, je sais écrire… Voilà une sonate qui donnera de la besogne aux pianistes, quand on la jouera dans cinquante ans. »

12

Pourquoi tant de musique à Vienne ?

Non sans mal et frayeurs, après avoir traversé des régions menacées ou déjà ravagées par la guerre qui de nouveau fait rage, Beethoven réussit à gagner la capitale de la musique le 10 novembre 1792.

Le choc dut être rude pour Beethoven. Venu de Bonn, foyer des Lumières, il se retrouvait au cœur de la Réaction. Et si l'on disait que la capitale autrichienne comptait plus de trois cents virtuoses, le nombre des espions et des policiers dépassait les dix mille. Sans compter les bénévoles ! Finissons-en avec cette image idyllique de ces bords du Danube : on y chantait moins qu'on n'y dénonçait !

On se souvient que l'empereur Joseph II avait formellement interdit toute représentation de la pièce de Beaumarchais, *Le Mariage de Figaro*. Et n'avait accepté *Les Noces*, l'opéra qu'en avait tiré Mozart, qu'après rabotage par le poète officiel de la cour, un certain Lorenzo da Ponte.

Vienne aimait sans doute, sûrement, la musique. Mais peut-être moins qu'elle ne détestait la Révolution. Et plus on s'enchantait de Haydn, moins on s'intéressait aux idées sulfureuses venues de France. En matière d'opium du peuple, et d'ailleurs aussi de l'élite cultivée, la religion n'a pas le monopole. L'art en général, pourvu qu'il n'use pas de paroles, et la musique en particulier, peut tout aussi bien détourner de revendications essentielles.

Il ne faut surtout pas confondre deux Vienne. Ni attribuer à la première les fertilités de la seconde. Celle d'un siècle plus tard, vers 1900, fut le plus formidable creuset de la modernité. Celle de 1789, nul ne l'a mieux décrite que l'historien Albert Sorel dans son livre magnifique sur *L'Europe et la Révolution française* : « Nulle culture scientifique, la philosophie était proscrite et la culture étouffée… L'Autriche, en ce temps d'effervescence universelle, n'enfantait que des musiciens et ne montrait d'entraînement que pour le plaisir. »

Ne faisons pas toujours confiance à la musique : son infini pouvoir de séduction peut servir à endormir la raison.

13

Continuer d'apprendre

Dans sa prime enfance, Beethoven avait déjà été emporté dans une ronde de professeurs. Voici la seconde (ce sera la dernière !).

À Vienne, il n'a qu'un objectif : *apprendre, continuer d'apprendre.*

Comme il le dira plus tard à Karl Czerny, l'un de ses plus brillants élèves : « Mon éducation musicale avait été très mauvaise ; pourtant j'avais du talent pour la musique. » Son orgueil, infini, repose sur la plus implacable des lucidités : je n'ignore pas que j'ai commencé bas. Comme mon destin est d'aller tout en haut, je dois m'en donner les moyens. Au prix de tous les sacrifices. Sur un carnet, Ludwig note chaque jour chacune de ses dépenses, au kreuzer près.

Apprendre : l'obsession de ces années-là (1792-1795).

Apprendre à composer. Car pour jouer, il savait bien assez. Et gagner en virtuosité n'était en rien son ambition.

Le premier de ses professeurs fut Haydn, chez qui l'avait emmené un personnage au nom de bande dessinée, le baron Nikolaus Zmeskall von Domanovecz, « secrétaire aulique à la chancellerie royale de Hongrie ». On se croirait dans l'album de Tintin, *Le Sceptre d'Ottokar*. Ce Zmeskall, baron juriste et violoncelliste, connaissait tout le monde à Vienne. Quoique fort occupé, Haydn accepte cet élève fiévreux à l'évidence plein de dons. Ils vont se retrouver de temps à autre autour d'un chocolat. Le débutant présente ses « devoirs », et papa les corrige… quand il a le temps.

« Papa Haydn ». C'est ainsi que Beethoven ne cessera d'appeler le plus illustre de ses maîtres. Il faut dire que Johann, le père de Ludwig vient de mourir (le 18 décembre). Ne laissant à Bonn que peu de regrets, salué juste par cette remarque du prince-électeur : « Ce décès est une perte sérieuse pour l'impôt sur les boissons. »

« Papa Haydn », par ces deux seuls mots, on mesure la solitude du jeune homme dans la grande ville de Vienne, orphelin dont la seule famille est la musique.

« Papa Haydn ». Cette affection bouleversante, si souvent proclamée, fut-elle réciproque ?

Quel regard, au fond, portait sur cet ébouriffé mal dégrossi le maître de soixante ans, reconnu et célébré dans l'Europe entière ?

Les mémoires du flûtiste Louis Drouet apportent une réponse sans doute pertinente, car équilibrée. Aucune jalousie prémonitoire pour un génie que l'on devine et qui pourrait vous dépasser. Agacement tout autant que respect pour une force que rien n'arrêtera. Et la constatation d'un tempérament, qui n'est pas le vôtre. Comme si Marivaux avait donné des cours à Hugo.

Beethoven ayant montré ses premiers ouvrages à Haydn, celui-ci lui dit :

« Vous avez beaucoup de talent et vous en acquerrez plus encore, énormément plus. Vous avez une abondance inépuisable d'inspiration, mais… voulez-vous que je vous le dise franchement ? — Certes, car je suis venu pour avoir votre opinion. — Eh bien, vous ferez plus que ce que vous avez jamais fait jusqu'à présent, vous aurez des pensées que personne n'a encore eues, vous ne sacrifierez jamais (et vous ferez bien) une belle pensée à une règle tyrannique, mais vous sacrifierez les règles à vos fantaisies ; car vous me faites l'impression d'un homme qui a plusieurs têtes, plusieurs cœurs, plusieurs âmes, et… mais je crains de vous fâcher. — Vous me fâcherez si vous n'achevez pas. — Eh bien donc, puisque vous le voulez, je dis que, d'après mon sens, on trouvera toujours dans vos œuvres quelque chose, je ne dirai pas de bizarre, mais d'inattendu, d'inhabituel, – certes partout de belles choses, même des choses admirables, mais ici et là quelque chose d'étrange, de sombre, parce que vous êtes vous-même un peu sombre et étrange ; et le style du musicien, c'est toujours l'homme. Regardez mes compositions. Vous y trouverez souvent quelque chose de jovial, car je le suis moi-même. Vous y trouverez une pensée gaie à côté d'une pensée sérieuse ; comme dans les tragédies de Shakespeare… Eh bien, rien n'a pu chez moi détruire cette sérénité naturelle, – pas même mon mariage ni ma femme ! »

DROUET[1]

---

1. Massin, p. 45.

Nikolaus, le baron violoncelliste, n'a pas laissé tomber son protégé provincial. Il continue son éducation. Sans doute lui conseille-t-il de se coiffer, de temps à autre ; de bien vouloir tenter de prendre un peu plus garde à sa vêture ; de sourire, même sans envie ; et de dire bonjour à la dame. Car il lui présente la crème, les Thun, les Lichnowsky, les Liechtenstein, les Schwartzenberg… cette aristocratie essentielle aux artistes en un temps où le droit d'auteur, inventé plus tard par Beaumarchais, n'était pas entré dans les mœurs. Une société tantôt émerveillée et tantôt dédaigneuse, un jour généreuse, oublieuse le lendemain, des gens à flatter sans relâche pour avoir simplement la possibilité de ne pas mourir de faim, des fantômes dont les noms soi-disant grands ne survivent aujourd'hui que pour la simple raison qu'une œuvre immortelle, un soir, par affection véritable ou par intérêt, ou par les deux motifs indissolublement mêlés, leur a été dédiée.

J'imagine dans une rue, alors que les deux amis reviennent d'une de ces mondanités, j'imagine Nikolaus marchant sur des œufs, car il commence à savoir de quelles épouvantables colères ce Ludwig est capable, j'imagine la timidité du baron violoncelliste :

— Nous sommes à Vienne, Ludwig, il serait peut-être temps, et utile, que tu apprennes à danser.

J'imagine aussi le ricanement qui lui répond.

Lorsque Papa Haydn repart pour Londres, de nouveau invité à y donner une suite de concerts, il confie Ludwig à celui qu'il jugeait le plus à même de canaliser cette fougue. Un théoricien de la musique. Johann Georg Albrechtsberger. Personnage considérable, bardé de titres (organiste de la cour, maître de chapelle à la cathédrale Saint-Étienne), admiré par Mozart, professeur de Hummel. Et vite détesté par Beethoven. Il faut dire qu'il lui impose de venir trois fois la semaine, et pas pour entendre des compliments. Si cette torture dura un peu plus d'une année, c'est que le torturé devait en ressentir les bienfaits. Même si plus tard il devait, à propos de ce maître, écrire un petit conte fort savoureux :

> Tobias se trouve comme apprenti chez le célèbre et inébranlable chef d'orchestre Fux et lui tient l'échelle pour son *Gradus ad Parnassum*. Mais étant d'un naturel facétieux, il fait tant et si bien qu'à force de branler et de secouer l'échelle, plus d'un, qui était déjà monté assez haut, se rompt brusquement le cou, etc. Maintenant il prend congé de notre globe terrestre, et dans la seconde partie, revient à la lumière du jour chez Albrechtsberger, qui met au-dessus de tout l'art de fabriquer des squelettes musicaux…
>
> (Beethoven, *Supplément à une biographie romantique de Tobias Haslinger*, dans une lettre à l'éditeur Schott de Mayence, le 22 janvier 1825[1].)

L'art de fabriquer des « squelettes musicaux »… Beethoven ne doit pas viser qu'Albrechtsberger !

Entre-temps, il avait profité d'autres enseignements plus doux. Tels ceux de Johann Schenk, un

1. Massin, p. 51.

compositeur d'une certaine réputation qui avait été touché par la détresse déterminée de ce Ludwig vingt ans plus jeune que lui. Au contraire des autres mentors, celui-là deviendra, et restera, son ami. C'est avec lui qu'il trompera Haydn. Schenk retravaillait les « devoirs ». Et c'est leur version ainsi améliorée qui était montrée au Papa.

Car depuis ses douze ans, depuis ses *Variations sur une marche de Dressler*, Ludwig n'avait cessé de s'essayer à des compositions les plus diverses : sonates pour clavier, quatuors, un concerto pour piano, une cantate sur la mort de Joseph II, des lieder, un octuor pour hautbois, clarinettes, cors et bassons, même une ébauche de symphonie…

Mais vers la fin de 1795, Beethoven considéra que l'école était finie. Au revoir mes maîtres, un Destin m'attend. Il avait vingt-cinq ans.

14

Une musique lacrymogène

Ce jour-là, 29 janvier 2020, j'avais rendez-vous avenue de Lowendal, à deux pas du tombeau de Napoléon, avec les « vrais » débuts de Beethoven.

Il faut dire que pour présenter la vie du maître, une idée folle nous était venue dans la chaleur d'un bon déjeuner (nous appartenons au même club gastronomique) : créer un trio, tout de suite appelé Fidelio.

Au piano : Michel Dalberto. Au violoncelle : Henri Demarquette. Et moi-même, l'écrivain, au crayon.

À l'heure exacte, 15 h 15, je pressai la sonnette. Un homme m'ouvrit, chevelure grise, belle stature, exquise courtoisie : « Vous êtes chez vous, puisque vous venez pour la musique. »

À ma droite, une bibliothèque.

À ma gauche, Michel, déjà penché sur un piano Bechstein qui m'a semblé immense.

Devant moi, Henri, qui libérait un violoncelle de son étui d'aluminium.

« Si tu n'y vois pas d'inconvénient, nous jouerons l'opus 5, en commençant par la deuxième sonate. »

Et le rez-de-chaussée parisien s'est empli de musique.

Mon métier étant l'eau, les fleuves et les barrages, les sécheresses et les inondations, c'est dans l'eau que je puise la plupart de mes comparaisons. Cette deuxième sonate ressemblait à un torrent qui dévale, ivre de lui-même et de son énergie, il tourne et retourne, il court sans cesser de se diviser, de se multiplier, comme s'il se donnait mission d'explorer la montagne à d'autres parts de lui-même, joyeux d'être et libre, si libre, aussi libre qu'un oiseau ayant choisi de ne pas s'éloigner du sol, chaque instant inventeur de son cours, jusqu'à remonter vers sa source, comme s'il avait des choses à lui dire, ou des informations à recueillir.

Inventer, dans la langue française, n'est pas seulement créer, imaginer, tirer de rien quelque chose. C'est découvrir, sortir une merveille de la terre ou de l'oubli : on « invente » un trésor. Cette deuxième sonate était, au double sens, l'invention même.

Un silence abasourdi s'ensuivit. L'un après l'autre, les musiciens me regardèrent. D'abord Henri, puis Michel : le violoncelle et le piano. Je me rappelle avoir hoché la tête et murmuré : « Merci, je crois que je commence à comprendre. » Ils ont souri, l'un après l'autre, avant de retourner, ensemble, à la musique.

Avec la première sonate, le calme revint. Une rivière enchaînait tranquillement ses méandres, consciente de son charme. Une séductrice avait remplacé une ogresse.

Je demandai de quelle époque dataient ces sonates.

— De juin 1796, répondit Michel Dalberto, lors d'un voyage à Berlin. La machine à composer était lancée. Trios à corde, sonates pour piano et violon, un adagio pour boîte à musique, des variations sur un air de *Falstaff* de Salieri, pas moins de six quatuors en deux ans !

— Et la *Sonate pathétique*, poursuivit Henri Demarquette. Et la *Clair de Lune* !...

C'est alors que des explosions, non prévues dans la partition, vinrent troubler ce charme bucolique. Je me précipitai vers la fenêtre, écartai les rideaux. Notre immeuble était entouré par une bonne centaine de gendarmes qui tiraient des grenades pour éloigner quelques jeunes gens un peu trop agités. Sans doute une énième manifestation contre la réforme des retraites achevait-elle son parcours devant les Invalides. Les générations se succédaient, la protestation continuait. À bien y réfléchir, lutter contre la réforme des retraites est une manière de vivre qui en vaut d'autres : elle permet de ne pas voir le temps passer.

C'est ainsi que j'ai quitté Lowendal entre deux tirs de grenades, les yeux bientôt brûlés et embrumés par les gaz. Mes larmes me rappelèrent cette page si drôle de Proust. M. Verdurin propose à Swann de lui faire découvrir la dernière composition d'un de leurs amis. Sa femme s'écrie :

« Ah non, non, pas ma sonate ! Je n'ai pas envie à force de pleurer de me fiche un rhume de cerveau avec névralgies faciales comme la dernière fois ; merci du cadeau ; vous êtes bons, vous autres, on voit bien que ce n'est pas vous qui garderez le lit huit jours ! »

15

Célébrer les empereurs, guillotiner le révolutionnaire

Libres ?

Comment voulez-vous survivre dans une société où personne ne se préoccupe de savoir comment se nourrissent les artistes, où les rémunérations de leurs concerts demeurent des aumônes, toujours maigrelettes et toujours aléatoires, où la jungle règne puisque, le droit d'auteur n'existant pas, chacun joue ce qu'il veut et vole le confrère sans vergogne ?

Alors les musiciens, et même les plus grands, n'ont d'autres choix que de courir après les charges et composer pour un protecteur, tant qu'à faire le plus puissant possible, potentiellement le plus généreux.

Papa Haydn montrait l'exemple.

Il était revenu à Vienne en 1792, l'année où bascule l'Europe.

La France, assiégée, déclare la guerre aux ennemis de sa Révolution.

Ailleurs, on referme au plus vite la parenthèse des Lumières. Retour général à l'ordre.

En Autriche, l'empereur Léopold II meurt subitement, remplacé par un François II qui ne perd pas de temps. Il confie la réorganisation de sa police à un certain comte, Franz Joseph von Saurau, dont l'intelligence et le zèle sont encore cités en exemple dans la profession. Ce fonctionnaire de bon sens sait que, pour en terminer avec le poison de la liberté, il ne suffit pas d'espionner tout le monde, d'emprisonner beaucoup de gens et de menacer les autres. Seule une propagande bien conçue fera comprendre aux Viennois que la récréation est terminée. L'heure a sonné de revenir au Respect du Souverain et aux Valeurs Éternelles qu'il incarne, fondements non négociables de la seule espèce de société appréciée par Dieu.

C'est dans ce but qu'il commande à Haydn une *contre-Marseillaise.* Les paroles ont été demandées à un poète de confiance, Leopold Haschka, en lui conseillant, vivement, d'imiter... le *God Save the King.*

Le résultat dépasse les espérances.

Gott ! erhalte Franz den Kaiser,
Unsern guten Kaiser Franz

Dieu ! Préserve l'empereur Franz !
Notre bon empereur Franz !

Le comte Saurau applaudit. Sur les strophes qui suivent, le plus célèbre musicien vivant ne pourra que composer une mélodie aussi sublime qu'efficace, politiquement parlant :

Sur son passage fleurissent les lauriers
Formant couronnes en son honneur
Dieu ! Préserve l'empereur Franz !
Que la victoire et la fécondité
Brillent à la pointe de ses drapeaux !
Puissent être ses conseillers
La sagesse, l'intelligence, la sincérité !
...
Dieu, préserve l'empereur Franz
Déverse l'abondance de Tes dons
Sur lui, sa maison et son royaume
Brise la puissance du mal, démasque
Chaque tour de coquin et de fripon !
Que Ta loi soit toujours sa volonté
Et celle-ci pour nous comme autant de lois !

L'hymne est chanté le 12 février 1797, jour du vingt-neuvième anniversaire de François II. Il résonne dans un Burgtheater en folie lorsque le souverain paraît dans sa loge. Saurau a pris soin d'envoyer des dépêches aux quatre coins de l'Empire, « conseillant » aux autorités locales de prévoir au même moment l'exécution de l'œuvre.

Comme pour se faire pardonner cette petite obligation de servilité, Haydn compose en même temps son chef d'œuvre, *La Création*, sur un texte d'une autre ampleur : rien de moins que… la Bible.

À moindre niveau de solennité (et de rémunération), Beethoven, lui aussi, avait été autrefois sollicité pour apporter sa contribution au culte impérial. Il n'avait pas encore vingt ans (1790), il habitait encore Bonn où une « société de lecture » lui avait passé commande de deux cantates, l'une pour la mort de Joseph II, l'autre pour l'avènement de Léopold II. L'auteur des textes est le tout jeune Anton Averdonk (vingt-deux ans) dont la sœur, Jeanne-Hélène, était élève de Beethoven et apprentie cantatrice. Mais c'est le créateur de cette « société de lecture » qui doit retenir notre attention, l'un de ces personnages fascinants qui traversèrent en courant cette époque de troubles, enchaînant les activités les plus diverses, franchissant toutes les frontières, trop impatients pour s'arrêter quelque part, trop imprudents pour réfréner leur langage et leurs écrits, finissant par payer de leur vie ce fol besoin de liberté.

Né à Wipfeld (Bavière) en 1756, Johann Georg Euloge Schneider commence par étudier le droit mais se fait très vite chasser de son université (Würzburg) pour « copulation prénuptiale ». Revenu, furieux, chez ses parents, ceux-ci le convainquent de s'amender. Il entre chez les franciscains. Moins passionné par la théologie que par les autres matières du programme de formation, notamment la philosophie, les mathématiques et la littérature, il est néanmoins ordonné prêtre. Mais il lui suffit de publier ses premiers écrits pour épouvanter le clergé de Cologne, qui finit par décider son renvoi. Même mésaventure avec les francs-maçons : reçu par la loge « Pour une égalité parfaite », il en est exclu pour des propos considérés comme trop radicaux. Il faut dire qu'entre-temps, il est devenu un partisan enthousiaste de la Révolution française. « Elle est tombée, la chaîne du despotisme, Heureux peuple !... Là-bas, elle est en ruines, la Bastille. Le Français est un homme libre. » On comprend qu'il se soit précipité pour traduire en allemand *La Marseillaise*.

Ce passage d'une religion à l'autre n'est pas rare. Une ferveur, lorsqu'elle constitue un caractère, doit se trouver une cause. Militant un jour, militant toujours. Et après tout, le mantra du christianisme, *tous les hommes sont frères*, ressemble fort au projet d'égalité et de fraternité porté par les révolutionnaires.

Accouru à Strasbourg pour participer au mouvement, Euloge y reprend la soutane. Ayant rejoint avec enthousiasme un groupe de *prêtres constitutionnels*, il prêche en cathédrale pour soutenir la Terreur, il lance une revue, il anime un réseau de *schneidériens* qui « purifient » les municipalités, dénoncent les riches et réquisitionnent leurs biens. Il devient même accusateur public du tribunal qui, entre octobre et décembre 1793, envoie trente personnes à la guillotine. À Paris, Saint-Just décide d'en finir avec ces enragés. L'ancien franciscain est arrêté le lendemain de son mariage avec la trop jeune Sara Stamm, fille d'un marchand de vins. Traîné à Paris, il y perd lui aussi la tête, le 1er avril 1794. Une légende lui survivra. Longtemps on jura çà et là l'avoir vu passer dans un carrosse suintant de sang, tiré par des chevaux-squelettes.

Tel fut Euloge. Sans la « société de lecture » qu'il avait créée, Beethoven n'aurait pas reçu cette commande pour célébrer, lui aussi, ces empereurs honnis.

L'histoire a de ces ironies, quand elle s'y met…

Vous retrouverez cet invraisemblable parcours dans l'un des livres de l'académicien polygraphe Charles Nodier (fauteuil 25) : *Souvenirs, épisodes et portraits pour servir à l'histoire de la Révolution et de l'Empire*.

16

Le son d'une flûte au loin

Été 1802.

« Allons d'abord faire une petite promenade. »

Ainsi Ludwig accueillait-il Ferdinand Ries venu prendre sa leçon. C'était son élève préféré, âgé alors de dix-huit ans, le fils de Franz, celui qui jadis, à Bonn, lui avait enseigné le violon. Et les deux amis s'en allaient marcher des heures dans la campagne.

Sur la recommandation d'un nouveau médecin – « il vous faut une cure de solitude et de silence » –, Beethoven avait trouvé refuge dans un petit village au nord de Vienne.

Heiligenstadt fait aujourd'hui partie de la banlieue. Rien de plus banal.

Et pourtant, le cœur se serre d'émotion et de gratitude. Car c'est ici, il y a deux cent dix-huit ans, que Beethoven a pris la décision de ne pas mourir.

Il avait trente et un ans, et déjà une œuvre. Mais les dieux s'acharnaient ; comme si, jaloux déjà, ils voulaient l'empêcher de continuer. Des dieux qui pour la même raison réussiraient à tuer Schubert, à cet âge exactement. Mais Schubert était trop tendre. Avec Beethoven, ils étaient tombés sur plus fort qu'eux.

Un grand amour, celui de Giulietta (Guicciardi), venait de s'achever, dans la douleur, comme chaque fois. Cette comtesse, bien sûr son élève, n'avait que dix-sept ans. Suite à quelques coquetteries de la jeune fille, il s'était tout de suite cru « plus que son époux ». Avant que la réalité, notamment sociale, ne s'impose et qu'un homme de son monde, un certain Robert, par ailleurs comte Gallenberg, n'emporte la main de la belle.

Et sa santé lui jouait de nouveau des siennes. Pas seulement en lui torturant les yeux, la tête et l'estomac. De la plus cruelle des manières pour un musicien. Depuis quelques années, il se rend bien compte qu'il entend de moins en moins. Un terrible secret que personne ne doit connaître.

Après sa mort, on retrouva dans ses papiers une lettre, une lettre d'adieu à ses frères, un testament qu'ils ne reçurent pas, puisqu'il ne l'envoya jamais, un testament pour lui-même et pour nous.

L'un des documents les plus bouleversants, et les plus « explicatifs », de toute l'histoire de la création humaine, tels les *Cahiers* de Léonard de Vinci ou le programme de Rimbaud dans sa lettre à Paul Demeny du 15 mai 1871 : « Le poète se fait voyant par un long, immense et raisonné dérèglement de tous les sens. »

Ceux qui veulent avoir une chance d'approcher la vérité *humaine* d'un génie trouveront grand profit personnel à lire et relire ce « Testament de Heiligenstadt ». Sans craindre de pleurer. Accueillez vos larmes. Elles sont bon signe. Le signe que vous entrez dans une fraternité qui vous dépasse. Et qui, par suite, vous grandira.

> Pour mes frères Karl et [Johann] Beethoven. Ô vous qui pensez que je suis un être haineux, obstiné, misanthrope, ou qui me faites passer pour tel, comme vous êtes injustes ! Vous ignorez la raison secrète de ce qui vous paraît ainsi. Dès l'enfance, mon cœur et mon esprit inclinaient à la bonté et aux sentiments tendres. Même j'ai toujours été disposé à accomplir de grandes actions ; mais pensez seulement que depuis bientôt six ans je suis frappé d'un mal pernicieux, que des médecins incapables ont aggravé. Déçu d'année en année dans l'espoir d'une amélioration, contraint pour finir d'envisager l'éventualité d'une *infirmité durable*, dont la guérison, si même elle était possible, exigerait des années, né avec un caractère ardent et actif, porté aux distractions de la vie en société, j'ai dû, de bonne heure, m'isoler, vivre loin du monde en solitaire. Parfois je voulais bien arriver à surmonter tout cela, oh ! comme alors j'ai été durement ramené à renouveler la triste expérience de ne plus entendre. Et pourtant il ne m'était pas encore possible de dire aux hommes : Parlez plus fort, criez, car je suis sourd. Ah ! comment pouvoir alors avouer la faiblesse d'un sens qui chez moi devrait être dans un état de plus grande perfection que chez les autres, d'un sens que j'ai possédé autrefois dans sa plus grande perfection, dans une perfection telle que bien peu de musiciens l'ont jamais connue ? –
>
> Oh ! je ne le peux pas, aussi pardonnez-moi si vous me voyez me tenir à l'écart, alors que je me mêlerais volontiers à vous. Mon malheur m'est doublement pénible, car par lui je dois devenir méconnu ; pour moi, plus de stimulant dans la société des hommes, plus de conversations

intelligentes ni d'épanchements mutuels. Absolument seul, ou presque, c'est juste dans la mesure où l'exige la plus absolue nécessité que je peux me laisser reprendre par la société ; je dois vivre en banni. Si je m'approche d'une société, je suis aussitôt tenaillé d'une angoisse terrible, celle d'être exposé à laisser remarquer mon état. –

Il en fut ainsi pendant ces six mois que j'ai passés à la campagne, poussé par mon intelligent médecin à ménager mes oreilles le plus possible. Il prévint presque mes dispositions actuelles, bien que quelquefois entraîné par l'instinct de la société, je m'y sois laissé égarer. Mais quelle humiliation quand quelqu'un à côté de moi entendait le son d'une flûte au loin et que je n'entendais rien, ou quand quelqu'un entendait *chanter un berger*, et que je n'entendais rien non plus[1].

Ce « quelqu'un à côté de moi », c'est Ries.

C'est dans une de ces promenades vagabondes que Beethoven me donna la première preuve frappante de la perte de son ouïe, dont Stephan V. Breuning m'avait déjà parlé. Je lui fis remarquer un berger qui, dans un bois, jouait fort joliment d'une flûte en bois de sureau. Beethoven resta pendant une demi-heure sans pouvoir rien entendre et, bien que je l'assure à plusieurs reprises que moi non plus je n'entendais rien, ce qui n'était pas vrai du tout, il devint extraordinairement taciturne et sombre. Quand par hasard il était gai, c'était presque toujours jusqu'à la joie la plus folle, mais cela arrivait rarement.

RIES[2]

---

1. Massin, p. 112-113.
2. Massin, p. 112.

Et voici la décision de Beethoven, cette morale, ce courage de la continuation sans lesquels il aurait manqué au Trésor de l'humanité pas moins de… cent opus, dont la 32e sonate, les derniers quatuors, et la IXe.

> C'est l'art, et lui seul, qui m'a retenu. Ah ! il me paraissait impossible de quitter le monde avant d'avoir donné tout ce que je sentais germer en moi, et ainsi j'ai prolongé cette vie misérable – vraiment misérable, un corps si sensible que tout changement un peu brusque peut me faire passer du meilleur état de santé au pire. – *Patience* – c'est bien cela, il faut que je la prenne maintenant pour guide, je l'ai fait. – J'espère tenir ma résolution d'attendre jusqu'à ce qu'il plaise aux Parques impitoyables de rompre le fil. Peut-être irai-je mieux, peut-être non, je suis courageux. – À vingt-huit ans, être déjà obligé à devenir philosophe, ce n'est pas commode ; pour un artiste, c'est encore plus dur que pour un autre homme – Divinité, tu vois d'en haut au fond de moi, tu le peux, tu sais que l'amour de l'humanité et le désir de faire du bien m'habitent. Ô hommes, si jamais vous lisez ceci un jour, alors pensez que vous n'avez pas été justes avec moi, et que le malheureux se console en trouvant quelqu'un qui lui ressemble et qui, malgré tous les obstacles de la Nature, a tout fait cependant pour être admis au rang des artistes et des hommes de valeur[1].

*

Juste après la rédaction de ce testament très « écrit », Beethoven compose son oratorio *Christus*

1. Massin, p. 113.

am Ölberge, *Le Christ au Mont des Oliviers* (opus 85), comme le note Élisabeth Brisson dans un texte lumineux :

> [...] comme lui, il connaît ce sentiment de désarroi éprouvé dans une situation d'abandon (par le père) et cette souffrance morale liée à l'épreuve de la mort prochaine et inéluctable.
>
> Pour la version définitive, Beethoven a ajouté des parties de trombone de façon à accentuer le caractère lugubre et héroïque de la partition, ce qui invite à établir un parallèle avec une marche funèbre révolutionnaire : en l'occurrence, la crucifixion étant une modalité de la mort héroïque.
>
> Après une introduction instrumentale très tendue, Jésus commence par interpeller son père « *Jehovah, du, mein Vater* » en *ut* mineur – deux courts passages « *Maestoso* » en majeur sur un rythme pointé évoquent la voix de Dieu –, puis il formule une prière, aux fréquents changements de tempo, qui se transforme en Aria [...], « *Meine Seele ist erschüttert* » (« Mon âme est ébranlée »), Allegro en *ut* mineur : Jésus souhaite que son père ait pitié de lui et qu'il lui épargne de telles souffrances – la musique insiste sur ce mot « *Leidenkelch* » (« coupe de douleurs ») [...]. Ce monologue initial de Jésus donne un aperçu de son existence humaine, de ses souffrances, de son état d'âme, lui le sauveur des hommes, l'intermédiaire entre eux et Dieu[1].

1. leducation-musicale.com/index.php/paroles-d-auteur/241-appassionata-une-sonate-emblematique-de-la-passion-beethovenienne

Ainsi les deux épreuves, les deux douleurs extrêmes, les deux « passions », celle du Christ et celle de Beethoven se trouvent réunies.

Et Beethoven se place dans la lignée glorieuse de ceux qui, avec Prométhée, Socrate et le Christ, ont libéré l'humanité pour l'avènement de la Fraternité.

Rien de moins.

17

Un institut de l'Audition

L'année précédente (1801), alors qu'il souffrait déjà de troubles croissants de l'audition, Beethoven avait composé pour un ballet, *Les Créatures de Prométhée.*

Cette œuvre, tombée pratiquement dans l'oubli, résonne pourtant au plus profond de ceux que l'homme Ludwig bouleverse.

Imaginé par un danseur, Salvatore Viganò, l'argument est le suivant.

Fuyant la colère des dieux, Prométhée cherche réconfort auprès de ses deux statues d'argile, qui bientôt s'animent. Mais de manière désordonnée, sans raison ni flamme. Désespéré, Prométhée les conduit auprès d'Apollon pour qu'il les instruise. À sa demande, Euterpe, muse de la musique, et Amphion, fils de Zeus, poète et musicien, se mettent à jouer.

Dès leurs premières notes, les deux statues s'éveillent à l'émotion et se découvrent homme et femme…

Du fond du cœur, je remercie Christine Petit pour cette référence !

On doit à cette grande savante, médecin, généticienne et neurobiologiste, professeure au Collège de France et à l'Institut Pasteur, des avancées majeures dans la compréhension des mécanismes de l'audition. Avec son équipe, j'allais dire son équipage, elle a notamment découvert les gènes responsables des surdités profondes et décrit le fonctionnement moléculaire des cellules sensorielles.

Écoutez ou lisez sa formidable leçon prononcée le 19 novembre 2020 : *Qu'entendrez-vous demain ?*

Avant de plonger dans la science, elle rappelle l'enjeu fondamental de sa recherche : préserver *le lien social par excellence* que représente le langage, et dont nous prive la surdité. Vingt pour cent de notre vie sont occupés par des échanges oraux. Nous nous parlons depuis cinquante mille ans. *Et nous nous jouons de la musique* depuis à peine moins longtemps. Le plus ancien instrument jamais découvert serait une flûte creusée dans un radius de vautour : il date de quarante mille ans.

Musique : « langage de l'émotion » (Kant). Ou comme l'écrit Claude Lévi-Strauss : « Langage qui réunit les caractères contradictoires d'être tout à la fois intelligible et intraduisible ». Et Darwin avait du mal à intégrer la musique dans son schéma d'explication de l'évolution par la sélection naturelle. Quel avantage pouvait bien être associé à l'aptitude à produire des mélodies ou à les apprécier ?

Beethoven, musicien mais sourd, attendait impatiemment d'entrer en scène. Christine Petit n'a pas manqué de le convier. Et sa présence immense nous accompagne tout au long de la conférence. On imagine avec quelle joie, quelle espérance, il aurait accueilli la création de l'Institut de l'Audition, un centre de l'Institut Pasteur ! En poursuivant et amplifiant ces recherches, l'Institut (63, rue de Charenton, Paris XIIe, téléphone : 01 45 68 89 28) va ouvrir la voie à des traitements alors qu'il n'en existe aucun. Aujourd'hui, la seule possibilité est le recours aux prothèses auditives.

Si vous visitez la maison du musicien, la collection de cornets acoustiques et toutes sortes d'autres appareils vous serre le cœur : armes dérisoires d'une guerre qu'il devait savoir perdue et qu'il a pourtant menée, de toutes ses forces, comme toutes ses autres guerres.

> Ce sourd entendait l'infini. Penché sur l'ombre, mystérieux voyant de la musique, attentif aux sphères, cette harmonie zodiacale que Platon affirmait, Beethoven l'avait notée. Les hommes lui parlaient sans qu'il les entendît ; il y avait une muraille entre eux et lui ; cette muraille était à claire-voie pour les mélodies de l'immensité. Il a été un grand musicien, le plus grand des musiciens, grâce à cette transparence de la surdité. L'infirmité de Beethoven ressemble à une trahison ; elle l'avait pris à l'endroit même où il semble qu'elle pouvait tuer son génie, et, chose admirable, elle avait vaincu l'organe, sans atteindre la faculté. Beethoven est une magnifique preuve de l'âme. Si jamais l'inadhérence de l'âme et du corps a éclaté, c'est dans Beethoven. Corps paralysé, âme envolée.
>
> Ah ! vous doutez de l'âme ? Eh bien ! écoutez Beethoven. Cette musique est le rayonnement d'un sourd. Est-ce le corps qui l'a faite ? Cet être qui ne

perçoit pas la parole engendre le chant. Son âme, hors de lui, se fait musique. Que lui importe l'absence d'organe ! Le verbe est là, toujours présent[1].

1. Victor Hugo, *Œuvres complètes : Chantiers*, coll. « Bouquins », Robert Laffont, 1985, p. 1015.

18

Il n'est pire sourd que celui qui ne veut pas entendre

Vérification faite : Beethoven commence à devenir sourd dès que la guerre se remet à gronder en Europe.

De cette chronologie, tirez toutes les conséquences que vous voulez, musicales ou médicales.

19

Fidelio

Hommage au mariage !

Telle est la cause, hautement morale, qu'un beau jour, un certain Jean-Nicolas Bouilly décide de défendre. Drôle de personnage que cet auteur-là ! Né à Joué-les-Tours en 1763, il monte à Paris où il deviendra avocat au parlement, avant de revenir dans sa région, administrateur d'Indre-et-Loire, puis, à partir de 1793... *accusateur public.* Tâches administratives qu'il cumule avec des travaux littéraires d'une grande sentimentalité qui lui valent bientôt le qualificatif de « poète lacrymal ».

Nous avançons vers la fin d'un siècle, le XVIIIe, plus connu pour sa passion de la liberté que pour celle des liens matrimoniaux. Et la Révolution continue de chambouler les esprits.

Il y a urgence à revenir aux valeurs véritables.

L'argument du livret est simple, et tiré d'une histoire vraie : une femme de Tours a pris tous les risques, et s'est habillée en homme pour arracher son mari de la prison où il avait été jeté.

C'est ainsi qu'à Paris, le 19 février 1798, le rideau du théâtre Feydeau se lève sur *Léonore ou l'Amour conjugal.* Musique de Pierre Gaveaux.

Cinq ans plus tard, à Vienne, vers la fin de 1803, l'empereur charge un industriel anobli, le baron von Braun, de redonner vie aux théâtres locaux qui avaient tendance à s'assoupir. À la tête du prestigieux (mais endormi) Theater an der Wien, un juriste et librettiste, Joseph Sonnleithner, est nommé, et un opéra est commandé à Beethoven. Les deux amis se mettent au travail sans tarder, d'autant qu'ils sont vite tombés d'accord sur l'histoire à raconter, parvenue jusqu'en Autriche on se demande comment : la conduite héroïque de cette épouse tourangelle.

Sonnleithner commence immédiatement la traduction (améliorée) du texte de Bouilly. On peut imaginer que chaque soir il lit les aventures de Leonore, devenue Fidelio pour se faire embaucher dans la prison, seul moyen d'y pénétrer. Voici Florestan, son mari, injustement incarcéré par le féroce gouverneur Pizarro. Voici Rocco, le geôlier, dont la fille Marzelline va tomber folle amoureuse du si joli travesti Fidelio/Leonore…

Malgré ses autres projets, et pas des moindres (achever la symphonie dite *héroïque*, ébaucher deux sonates, qui deviendront l'*Aurore* et l'*Appassionata…*), Beethoven se jette corps et âme dans cette nouvelle aventure.

Depuis longtemps, il rêve d'opéra. Comment pourrait résister à cet appel un compositeur de cette fécondité, et vivant à Vienne, capitale mondiale du genre ?

Durant toute l'année 1804, et les huit premiers mois de la suivante, il travaille comme jamais, nuit et jour, malgré ses maladies habituelles, fièvres chroniques, dérèglements intestinaux. Si bien que vers la mi-septembre, après un été de labeur incessant, il peut remettre à Sonnleithner et von Braun la partition complète. Les répétitions commencent, déclenchant illico la fureur du compositeur qui vitupère l'orchestre : « Je veux l'entendre de loin ; ainsi ma patience ne sera pas mise autant à l'épreuve que lorsque j'entends de si près massacrer ma musique. » Comment, d'ailleurs, peut-il juger de la qualité des cordes et des vents puisque sa surdité s'aggrave ?

Entre-temps, la guerre a repris. Le 12 novembre (1805), l'avant-garde de la Grande Armée napoléonienne, conduite par Lannes et Murat, entre dans Vienne. Malchance pour *Fidelio*, qui vient pour la première fois sur scène… huit jours plus tard, le 20 novembre, devant une salle presque vide. L'aristocratie et la bourgeoisie locales ont depuis longtemps quitté la ville pour trouver refuge sur leurs terres. Si bien que les rares spectateurs sont, pour la plupart, des soldats français, les envahisseurs.

Et c'est un four ; le plus absolu, le plus meurtrissant des échecs. On bâille, on parle, on s'en va. La salle, déjà si peu pleine, se vide. Après deux autres représentations, tout aussi catastrophiques, l'œuvre est retirée de l'affiche.

Désespoir du compositeur.

Mais ses amis font bloc. Début décembre, ils invitent Beethoven chez l'un d'entre eux, Lichnowsky. Et, les cafés à peine servis, on entre dans le vif du sujet. Nous sommes d'accord, les circonstances ne sont pas favorables. Mais puisqu'on est là pour tout se dire, soyons francs, le livret est mauvais, trop long, bavard et larmoyant, une action qui s'étire. Beethoven hoche la tête. L'un des présents, Collin, poète de son état, est chargé de la chirurgie. Mais si l'histoire est réduite, passant de trois à deux actes, il faut aussi, peut-être, on marche sur des œufs, on connaît le Ludwig, pas plus irascible, envisager de couper la musique. Comme prévu, Beethoven se dresse : pas une note ! Il saisit la partition et va pour s'enfuir. Il faut toute l'éloquence de la princesse invitante (Lichnowsky) pour le retenir. Elle le supplie, l'entoure de ses bras : « Vous avez là un chef-d'œuvre, ne le condamnez pas à la mort, donnez-lui une chance de vivre. » Beethoven résiste, dieu offensé. Et puis soudain, comme racontera le ténor Joseph Rœckel, il éclate en sanglots : « Je le veux, je veux tout… tout faire… pour vous… pour ma mère. »

Et le chanteur continue de raconter :

> […] il attira respectueusement la princesse vers lui et tendit la main au prince comme pour une promesse solennelle. À l'écart nous considérions le groupe avec une profonde émotion, car nous avions tous conscience de la grandeur de la scène.
>
> À partir de ce moment, on ne dit plus un mot de l'opéra, – nous étions tous épuisés, et je peux bien dire

que j'échangeai avec Meyer un regard de délivrance qu'il n'était pas difficile d'interpréter, lorsque des laquais ouvrirent à deux battants les portes de la salle à manger, et que l'assistance s'assit enfin à une table copieusement servie pour le souper. Vraisemblablement ce ne fut pas tout à fait par hasard que je fus placé à côté de Beethoven qui, l'esprit encore absorbé par son opéra, mangeait peu, chose surprenante, tandis que moi, torturé par une fringale douloureuse, j'avais avalé le premier plat avec une hâte qui touchait au comique. Il s'en aperçut et, me montrant mon assiette vide : « Vous avez avalé comme un loup. Qu'est-ce que vous avez mangé ? — J'avais tellement faim, répondis-je, qu'en réalité je n'y ai pas fait attention. — C'est pour cela que vous avez si admirablement chanté le rôle de Florestan, l'homme dans la tour de la Faim ; vous l'avez rendu tout à fait d'après nature ; le mérite n'en revient donc ni à votre voix, ni à votre tête, mais uniquement à votre estomac. Tâchez seulement d'avoir bien faim avant la représentation, et alors le succès est assuré. » Tout le monde se mit à rire, et se félicita bien plus de ce que Beethoven avait fait une plaisanterie que de la plaisanterie même.

RŒCKEL[1]

Beethoven se remet au travail. Il écrira avoir repris certains morceaux dix-huit fois. Une nouvelle version de *Fidelio* est présentée le 29 mars 1806. La paix étant revenue, l'excuse de la guerre ne peut plus être invoquée. Pourtant, la salle est loin d'être pleine et l'accueil est mitigé. Ce nouvel échec entraîne une dispute terrible avec von Braun. Lequel avait eu

1. Massin, p. 143-144.

l'indélicatesse de lui faire remarquer que Mozart, lui, touchait tous les publics. Beethoven s'écrie :

— Je n'écris pas pour la foule, j'écris pour les gens cultivés !

— Mais le théâtre n'est pas rempli par eux seuls. Pour nos recettes, nous avons besoin de la foule. Et vous n'avez à vous prendre qu'à vous-même de votre part médiocre de bénéfices. Puisque vous n'avez voulu lui faire aucune concession dans votre musique. Si nous avions payé à Mozart la même part qu'à vous, il serait devenu riche !

Fidelio allait dormir huit ans. Pour ne resurgir que le 23 mai 1814, avec un livret encore remanié et de nombreuses modifications dans la musique. Vienne l'acclama. Enfin.

Comme l'écrivent Jean et Brigitte Massin, Beethoven avait pour cette œuvre, son unique opéra, un amour tout particulier. L'histoire de Florestan, c'est la sienne. Lui aussi se sent emprisonné dans un cachot humide. Et lui aussi ne peut attendre sa libération que de l'amour. L'amour de l'humanité, à défaut de l'amour d'une femme. Passion du Christ, passion de Florestan, passion de Ludwig.

En 1824 il dira à Griesinger, diplomate saxon : « Mon *Fidelio* n'a pas été compris du public, mais je le sais, on l'appréciera encore [...] je sais que la symphonie est mon élément propre. Quand j'entends quelque chose en moi, c'est toujours le grand orchestre. » (D'après Seyfried[1].)

---

1. Massin, p. 650.

20

Feu Bonaparte

Pour qui veut se nourrir de grandeur, rien ne vaut la compagnie de Plutarque. Beethoven, bien qu'autodidacte, en était un lecteur fervent (dans sa traduction allemande). Fulminant, page après page, contre son époque incapable d'enfanter des êtres humains de cette trempe. Beethoven n'est pas un philosophe, ni un essayiste. Ses « idées politiques » doivent s'incarner. Quand on passe sa vie hanté par cette abstraction qu'est la musique, j'imagine le besoin, certains jours, certaines nuits, de s'appuyer sur des réalités concrètes, paysages ou *personnages*.

Or voici justement que tout près, de l'autre côté du Rhin, un tout jeune général français semble mériter d'entrer dans le recueil des *Vies des hommes illustres*.

D'ailleurs, il porte un nom qu'on pourrait prendre pour romain : Buonaparte.

De la Révolution ce Corse a gardé le meilleur (la liberté des peuples, l'égalité des hommes, et la participation de tous au gouvernement de la nation), et s'est débarrassé du pire (le désordre et la Terreur).

Nécessaire à la France, il ne pouvait mieux tomber pour Beethoven. Pour vous aider à traverser les épreuves, quelle main plus solide saisir que celle d'un modèle ? Il vous emporte. Et du haut de ce sommet, vos maladies, même les plus terribles, vous paraîtront soudain négligeables, et vos faiblesses méprisables. Tous les bons psychiatres vous le diront : pour vous extirper d'une dépression, rien ne vaut la plongée dans la vie d'un grand.

C'est donc ainsi, porté par l'enthousiasme, que Beethoven se lança dans la composition d'une troisième symphonie. Il n'avait pas dans l'idée de la dédier à ce puissant, comme tant d'autres œuvres avant et après elle, il *lui donnerait* Son nom : la symphonie Bonaparte. Les premières partitions manuscrites attestent de cette volonté.

Hélas, trois décisions suffiront pour ruiner l'estime du musicien.

Il considère le concordat signé par la France en 1801 avec le pape comme un reniement de la Révolution.

Deuxième atteinte à la gloire du grand homme : le 18 mai 1802, une Chambre haute tremblant de peur devant le général adopte le sénatus-consulte qui proclame Bonaparte devenu Napoléon empereur des Français.

Et pour finir, dernière marche du déshonneur achevant de changer la gloire en gloriole, cette grotesque cérémonie de Notre-Dame, le 2 décembre 1804, lorsque le petit Corse se pose lui-même la couronne sur la tête.

De cette passion déçue, de cette rapide désillusion, Ries donne le témoignage le plus complet et, semble-t-il, le moins contesté par les beethovenologues les plus soucieux de vérité :

> Dans le courant de l'année 1802, Beethoven composa à Heiligenstadt sa troisième symphonie, connue aujourd'hui sous le titre *Symphonie héroïque*. Souvent, dans ses compositions, il avait présent à la pensée un sujet déterminé, bien qu'habituellement il se moquât des peintures musicales et en parlât avec mépris, surtout des applications méticuleuses de ce genre. [...]
>
> Dans cette symphonie, Beethoven s'était proposé pour sujet Bonaparte, à l'époque où celui-ci était encore premier consul. Jusqu'alors, Beethoven en faisait un cas extraordinaire et voyait en lui l'égal des plus grands consuls romains.
>
> J'ai vu moi-même, ainsi que plusieurs de ses amis intimes, cette symphonie écrite en partition sur sa table ; tout en haut de la feuille de titre était écrit le nom : « Buonaparte », et tout en bas : « Luigi van Beethoven », et pas un mot de plus. Cette lacune devait-elle être remplie ; comment devait-elle l'être ? Je n'en sais rien.
>
> Je fus le premier qui apporta à Beethoven la nouvelle que Bonaparte s'était déclaré empereur. Là-dessus, il entra en fureur et s'écria : « Ce n'est donc rien de plus qu'un homme ordinaire ! Maintenant, il va fouler aux pieds tous les droits humains, il n'obéira plus qu'à son ambition ; il voudra s'élever au-dessus de tous les autres, il deviendra un tyran ! » Il alla vers sa table, saisit la feuille de titre, la déchira de bout en bout et la jeta par terre. La première page fut récrite à nouveau, et

alors la symphonie reçut pour la première fois son titre : *Sinfonia Eroïca*.

RIES[1]

Cinquante ans plus tard, Hugo qualifiera de « petit » un autre Napoléon, troisième du nom et neveu du premier.

La pire des morts est de continuer à vivre alors qu'on est déjà trépassé pour ceux qui vous admirent. Cette troisième symphonie comporte une marche funèbre. Apprenant en 1821 le décès de Napoléon à Sainte-Hélène, Beethoven se serait écrié : « Il y a dix-sept ans que j'ai écrit la musique qui convient à ce triste événement. »

Cette symphonie ne pouvait s'appeler qu'héroïque ! Mais l'héroïsme avait changé de héros. S'étant métamorphosé en Napoléon, Bonaparte ne pouvait plus prétendre au rôle-titre. Au fond, cette œuvre aurait dû s'appeler *Symphonie Beethoven*. Qui, comme lui martyrisé par les dieux, méritait mieux d'être comparé à Prométhée, apporteur d'un feu qui n'était pas celui de la guerre ?

Pas plus simple, au fond, que la morale de cette histoire : un général, embauché jadis par la Révolution pour défendre un idéal de fraternité allait déchirer l'Europe quand un musicien sourd lui donnerait son hymne.

---

1. Massin, p. 128-129.

21

Rencontrer Goethe

L'été, on se doit d'aller prendre les eaux.

La cure thermale est la condition obligée pour avoir une chance de passer l'hiver.

Et comme rien n'est plus ennuyeux que ces interminables soins aquatiques, autant s'y retrouver entre amis.

Et c'est ainsi qu'en ce joli mois de juillet 1812, tout le monde s'est donné rendez-vous à Teplitz (aujourd'hui tchèque, sous le nom de Teplice), l'une des plus élégantes stations de Bavière.

Imaginez ! Dans les allées, on peut croiser l'empereur et l'impératrice d'Autriche, Marie-Louise, l'épouse post-Joséphine de Napoléon, une foule de petits rois, des altesses et des archiducs en pagaille. Et Beethoven. Le soir venu, bien baignés, longuement massés sous les jets, tout humides encore de fumigations diverses, que voulez-vous faire d'autre, après la sieste, qu'écouter de la musique ? On priera seulement ce Ludwig de ne pas la choisir trop difficile, ni trop bruyante. Femme de chambre ou compositeur, qu'on fasse le lit ou des triples croches, on n'est toujours que domestique.

Mais voici que soudain une rumeur se répand : Goethe, oui Goethe lui-même, vient d'arriver ! Romancier, dramaturge, poète, scientifique, homme d'État…

Impossible d'imaginer la gloire de l'écrivain alors âgé de soixante-trois ans. Tout le monde, et d'abord Beethoven, s'est reconnu dans *Les Souffrances du jeune Werther*, tout le monde a frissonné devant *Le Roi des Aulnes*, tout le monde s'est battu pour aller applaudir son *Faust*. Il n'incarne pas seulement l'Allemagne morcelée enfin réunie en un seul être, mais aussi l'alliance de l'émotion et de l'intelligence, de l'art et de la connaissance. Passionné par la science, il a écrit sur l'optique, sur la géologie, sur la botanique. On lui doit un *Traité des couleurs* ainsi qu'un ouvrage visionnaire sur la métamorphose des plantes. Goethe est une encyclopédie vivante, bien au-delà de la « culture ». Bien au-delà de l'« honnête homme », il est l'homme complet, l'humanité en quelque sorte.

Ludwig-Werther, fol admirateur de ses poésies, n'a plus qu'une obsession : rencontrer Dieu.

Lequel, le 19 juillet, sur la recommandation d'un ami, sonne à sa porte.

D'après les Massin, entre autres qualités méticuleux chroniqueurs, ils se reverront trois autres fois. Le 20 juillet, promenade ; le 21, dans la soirée, nouvelle visite de Goethe, qui revient le surlendemain pour écouter Beethoven lui jouer du piano.

On devine le jeune musicien tétanisé et Dieu plutôt dédaigneux. Et s'ils se parlent, que deux génies peuvent-ils bien se dire ? Pas forcément de l'inoubliable.

Du temps où j'étais censé « conseiller » culturellement François Mitterrand, je me rappelle avoir organisé une rencontre de Prix Nobel. Avec un objectif, aussi faussement secret qu'imbécile : profiter de leurs échanges pour aider notre président à remonter dans les sondages. Las, les conversations de ces grands hommes ne dépassèrent jamais les banalités d'un café du commerce.

Des quatre rendez-vous de cet été 1812 on garde la trace dans une lettre de Goethe à sa femme : « Je n'ai encore jamais vu un artiste plus puissamment concentré, plus énergique, plus intérieur. Je comprends très bien que son attitude doit être extraordinaire à l'égard du monde. »

Une « attitude extraordinaire à l'égard du monde ». En quatre mots, comment mieux résumer ?

Quant à lui, Beethoven garda le silence sur ces entrevues dont il avait tant attendu.

Il se contenta d'une plaisanterie, à l'instant répétée dans toute la station thermale : « Tandis que nous nous promenions ensemble, salués à chaque pas, et que Goethe manifestait, avec quelque suffisance, sa fatigue de ces importunités, je lui fis la remarque : que son Excellence ne s'en fasse pas ! Peut-être que c'est pour moi ? »

Sa distance, et sa déception, avaient des raisons plus profondes.

Certains artistes, j'en ai vu et parmi les plus grands, abandonnent toute fierté et se mettent à ronronner dès que paraît un roi ou une reine de ce monde. Et qu'importe la moralité ou la nationalité du roi ou de la reine. Beethoven ne supportait pas cette servilité, et moins encore chez l'un des êtres qu'il admirait le plus, et, pire, circonstance aggravante, dans l'état de guerre où avait replongé l'Europe. Au moment où Napoléon poursuivait jusqu'au Kremlin sa conquête de l'Europe, et l'humiliation de ses mensonges, Goethe n'avait rien trouvé de mieux que célébrer Marie-Louise, l'impératrice des Français.

22

Alerte à l'incendie

Son rythme de création donne le vertige.

Pour la seule année 1809, prise au hasard : un concerto pour piano (le cinquième), un quatuor (le 10e ; deux violons, alto, violoncelle), une variation et une fantaisie (pour piano) ; deux sonates pour piano (la 24e et la 25e) ; pas moins de *dix* lieder (dont, sur des paroles de Goethe, *L'Amoureux* et *Mignon, connais-tu le pays ?* et *Neue Liebe, neues leben*, *Nouvel amour, nouvelle vie*).

On comprend que sa tête, souvent, s'échauffe, cette grosse tête que nous connaissons bien et qui nous effraie en même temps qu'elle nous bouleverse.

Gerhard von Breuning est l'un des membres de cette famille merveilleuse qui accueillit Beethoven dès son arrivée à Vienne. Pour être plus précis, il est le fils de Steffen, l'un des quatre enfants d'Hélène, le frère de l'adorable et adorée Lorchen. Il sera l'un des plus proches témoins des dernières années de leur ami et enrichira ses souvenirs des récits cent fois, mille fois entendus chez lui.

> Quand il était resté longtemps assis à composer à sa table, et qu'il se sentait la tête échauffée, il avait toujours eu l'habitude de courir à sa toilette et de jeter des brocs d'eau sur sa tête en feu ; après s'être ainsi rafraîchi et ne s'être séché que rapidement, il se remettait au travail, ou faisait une promenade au grand air. Ce qui prouve en quelle hâte il agissait, afin de n'être pas distrait des élans de son imagination, au point qu'il négligeait de sécher convenablement ses cheveux, comme une forêt absolument trempée, c'est que souvent l'eau, dont il avait inondé sa tête sans s'y arrêter, dégoulinait sur le plancher en telle quantité qu'elle y pénétrait et transperçait le plafond des locataires du dessous. Ce qui lui attirait des observations désagréables de ceux-ci, du concierge, et finalement du propriétaire qui lui donnait congé.
>
> GERHARD VON BREUNING[1]

1. Massin, p. 67.

23

Un congrès à Vienne

En cet hiver de 1814, Napoléon se morfond à l'île d'Elbe. Vaincu au printemps précédent par la quadruple alliance (Royaume-Uni, Prusse, Autriche, Russie), il a été contraint d'abdiquer. Un traité de Paris (30 mai 1814) a réglé les affaires urgentes, et d'abord le retour de la France à sa dimension d'avant 1792. Mais l'essentiel reste à faire : rebâtir l'Europe, dévastée, chambardée par vingt années de guerre. L'Europe, mais quelle Europe ? Celle des peuples ou celle des monarques ? Et respectant quelles frontières ?

Pour en discuter, les puissants se sont donné rendez-vous à Vienne.

Tout ce qui porte couronne est là. Le prince de Ligne parlera d'une « pluie de sires ». Notre Stéphane Bern en périrait de vertige. Quinze rois et reines, dont Alexandre, tsar de Russie et Marie Ire de Portugal, le pape Pie VII, trois cents princes et princesses, deux cents délégations frétillant de diplomates d'où vont bientôt émerger deux génies de la manœuvre : pour les vainqueurs, l'Autrichien Metternich ; pour les vaincus, le Français Talleyrand.

La tâche n'est pas mince. Au-delà des grands principes, et de cet objectif louable, trouver l'introuvable, un *équilibre européen*, il faut d'abord calmer les voracités. La Prusse n'est venue que pour se voir attribuer la Saxe (Dresde, Leipzig). Le tsar Alexandre vit dans l'obsession de récupérer la Pologne. Les puissances secondaires souhaitent n'être pas trop oubliées. Quant à la France, elle va travailler au pardon de ses fautes pour retrouver un rang digne d'elle, le premier il y a encore peu. Talleyrand va y réussir. D'abord exclu du cœur des négociations, réservées aux quatre grands (Prusse, Autriche, Angleterre, Russie), il parvient à se faire « inviter ». Il ne quittera plus la table, usant, pour parvenir à ses fins, de toute la gamme de ses talents (la séduction métissée de menaces, le jeu des uns contre les autres, le rappel de l'évidence : « mon pays est le seul à ne rien demander »).

Interminables débats qui n'occupent en fait, en comptant très large, qu'une cinquantaine de délégués. Il faut occuper le millier d'autres, pour leur faire oublier qu'ils ont beau avoir fait le voyage vers cette ville où se décide le sort de l'Europe, ils n'y jouent *pas le moindre rôle.* Faute de rebâtir le monde, on va les gaver de mondanités. Vienne va leur offrir une suite de fêtes, comme jamais dans l'histoire des réjouissances.

La résidence de France, le palais Kaunitz, à deux pas de la cathédrale Saint-Étienne, est l'un des lieux où l'on se bat pour être invité. La carte maîtresse de Talleyrand y est Antonin Carême, le célèbre cuisinier,

« le roi des chefs et le chef des rois ». Sa présence coûte bonbon au Trésor public mais, pour apaiser les aigreurs et rapprocher les points de vue géopolitiques les plus éloignés, rien ne vaut l'une de ses vingt-huit recettes d'omelette, une bonne petite quenelle farcie ou un ragoût de crêtes et de rognons de coq.

Les diplomates se délectent aussi de *tableaux vivants*. Le 23 novembre, dans le Grand Manège impérial, vingt-quatre « belles d'amour », montées sur autant de chevaux hongrois, virevoltent avec vingt-quatre chevaliers vêtus en princes de la Renaissance. On rivalise de folie. La palme revient sans doute à la comtesse Sophie Sichy. Elle a imaginé un jeu d'échecs où des personnages vêtus en rois, reines, tours, fous et cavaliers jouent la plus savante des parties. Quelle plus belle allégorie trouver pour raconter le Congrès ?

Les bals se succèdent, chaque soir on danse.

Outre son cuisinier, Talleyrand a emmené sa nièce Dorothée, fille de son ancienne maîtresse, la duchesse de Courlande. Qui oserait évoquer la différence des âges (trente-neuf ans) puisqu'un amour se profile dont tous les espions des Habsbourg cherchent, en vain, à découvrir des preuves. Dans les bagages de Charles Maurice se trouvait aussi son pianiste personnel, Sigismond von Neukomm, ancien élève de Haydn. Le jeune homme est prié de bien vouloir jouer pendant que le ministre travaille, je veux dire fomente. Il paraît que certaines mélodies lui inspirent de nouvelles et plus inventives manigances.

N'oubliez pas que nous sommes à Vienne, au cœur de cet autre et peut-être premier empire qui est la musique.

Et comme de cet empire Beethoven est devenu le souverain, il est bien sûr appelé.

Composer pour ce Vieux Continent en train de se reconstruire, aucune mission ne pouvait le transporter davantage. Il porte l'Europe en lui, celle de la Fraternité, tout autre que celle de ces boutiquiers ampoulés et rapaces. L'ambition la plus démesurée fait partie de sa nature, comme sa confiance dans le pouvoir de sa musique : elle saura extirper les âmes de leur médiocrité et les élever jusqu'à la concorde.

Sollicité pour accompagner le fameux carrousel du 23 novembre, il refuse d'abord. Sa lettre à l'empereur est un pur morceau d'insolence :

> « Je vois que votre Altesse Impériale veut encore faire essayer les effets de ma musique, même sur les chevaux. Soit, voyons si de la sorte les cavaliers pourront faire quelques culbutes adroites. Hé ! hé, je dois rire de la façon qu'a votre Altesse Impériale de penser à moi, même en cette occasion ! Aussi serai-je, ma vie durant, votre serviteur empressé Ludwig van Beethoven.
>
> Post-scriptum. La musique de cheval demandée arrivera au plus grand galop chez votre Altesse Impériale[1] ! »

Finalement, il confiera cette « musique de cheval » à un élève, Moscheles, se réservant deux compositions de plus vaste ambition. D'abord un chœur pour saluer l'arrivée des rois, ces « sages fondateurs

1. Estebán Buch, p. 96. Voir note p. 146.

d'États heureux ». Mais surtout une cantate sur un texte du médecin-poète Aloys Weissenbach.

Europa steht ! Europa steht !
L'Europe est debout ! L'Europe est debout !
et les temps dans leur course incessante
le chœur des peuples et les siècles anciens
la contemplent émerveillés !

Les solistes prennent le relais : le Guide des peuples (*der Führer des Volks*), le Génie (*der Genius*), la Prophétesse (*die Sieherinn*) et Vienne, la ville elle-même, capitale du monde qui salue tous les princes.

C'est alors que vient l'instant glorieux, *der glorreiche Augenblick* :

Dans l'union pacifique des frères
l'humanité libérée s'embrasse elle-même !

Le Congrès est une maternité. Au-delà de l'Europe, Vienne accouche de l'humanité nouvelle, saluée par trois chœurs, celui des femmes, celui des hommes et celui des enfants. D'abord séparés, bientôt réunis.

Cette œuvre immense sera présentée le 29 novembre, dans la grande salle des Redoutes, devant six mille personnes, dont le tsar Alexandre et la tsarine Élisabeth, le roi de Prusse Frédéric-Guillaume, l'impératrice Maria Ludovica d'Autriche, le prince de Sicile...

Mais ni le compositeur, ni l'auteur du texte n'entendront les applaudissements interminables : par une invraisemblable fraternité, ils sont aussi sourds l'un que l'autre.

Pendant que Vienne se saoulait de divertissements en travaillant, quand même, un peu, Chateaubriand rageait de ne pas en être. Il passait à Gand des heures interminables en sinistre compagnie de réfugiés, ces *émigrés*, aristocrates subalternes qui avaient fui juste à temps le couteau de la guillotine et n'avaient d'autres pensées et d'autres rêves que de retrouver leurs privilèges garantis par l'ordre ancien. C'est de Belgique qu'il suit, début mars 1815, le débarquement de Napoléon à Cannes, sa remontée vers Paris acclamé par ses partisans et ces Cent Jours qui font craindre à l'Europe que l'horreur ne recommence. Comme d'habitude, son œil voit tout et sa phrase résume l'état du monde. « Il avait suffi de la chaleur des ailes de la renommée de Marengo et d'Austerlitz pour faire éclore des armées dans cette France qui n'est qu'un grand nid de soldats. [...] Grands souvenirs qui servaient de cadres à des troupes supposées, à des triomphes en espérance. »

Et plus tard, après Waterloo (le 18 juin), c'est lui qui conclura le mieux ce Congrès qui n'avait pas jugé bon de l'inviter. Au fond, Napoléon et ses ennemis poudrés de Vienne avaient commis la même erreur.

> « Peut-être aurait-il une fois encore bouleversé le monde, s'il avait pu se résoudre, en affranchissant la patrie, à appeler les nations étrangères à l'indépendance. Le moment était venu : les rois qui promirent à leurs

sujets des gouvernements constitutionnels venaient de manquer honteusement à leur parole. Mais la liberté était antipathique à Napoléon depuis qu'il avait bu à la coupe du pouvoir ; il aimait mieux être vaincu avec des soldats que de vaincre avec des peuples. »

24

Où il est prouvé que diplomatie et police peuvent avoir partie liée

Metternich naît trois ans après Beethoven (1773), et mourra bien après lui (en 1859, à quatre-vingt-six ans), preuve que le pouvoir conserve plus que la création.

Sitôt revenu de son ambassade parisienne (1806-1809), il va exercer à Vienne les plus hautes fonctions : ministre des Affaires étrangères trente-huit ans durant, charge à laquelle s'ajoutera en 1821, et jusqu'en 1848, celle de chancelier impérial d'Autriche. Virtuose des relations internationales, s'appuyant sur un désir général de calme après les meurtrissures des guerres napoléoniennes, il va parvenir à bâtir entre les puissances un équilibre qui offrira un demi-siècle de paix à l'Europe. Jusqu'au conflit austro-prussien de 1866. Son jeu des alliances reste enseigné dans toutes les écoles de diplomatie. Henry Kissinger, par exemple, lui rend hommage dans chacun de ses livres.

Passionnant personnage que ce prince ! On devine pourquoi Talleyrand ne l'appréciait guère. Si le marigot est vaste, et luxueux, il est toujours trop exigu pour deux crocodiles de cette ampleur. Surtout si les deux bêtes se ressemblent.

Aussi brillant que réaliste, aussi déterminé dans ses buts qu'ouvert sur les moyens pour les atteindre, Metternich fut, par nature et par intérêt, un infatigable séducteur. Lors de son ambassade à Paris, Napoléon recherchait sa conversation. Et toutes les femmes succombèrent à son charme, à commencer par la duchesse d'Abrantès, première beauté du temps, et Caroline Bonaparte, sœur chérie de l'empereur précité. Les activités adultères n'épuisant pas son énergie, il eut, de trois mariages, treize enfants, au moins pour ceux qu'il déclara en bonne et due forme. Car beaucoup de ses œuvres furent reconnues par des maris peu regardants. Saluons, par exemple, la venue au monde de Marie-Clémentine. Chère lectrice, cher lecteur, je suis sûr que nous allons tomber d'accord : même si ce livre a pour sujet principal la musique, ne lui laissons pas le monopole de la mélodie. Certains noms vous emportent loin dans les rêves, au cœur des palais et des fêtes. Savez-vous comment s'appelait la mère, dévergondée par le prince, de cette petite Marie-Clémentine ? Rien de moins que Catherine Skavronskaïa-Bagration. À prononcer de telles syllabes, on se prend à valser.

Souple à l'extérieur, et conciliant lorsque les réalités l'y contraignent, il n'y eut pas plus intransigeant dans les affaires intérieures. Si, par souci de ce fameux « équilibre », Metternich défendit la France contre tous ceux qui voulaient l'abaisser, pas question que le mal absolu de ses idées révolutionnaires, à commencer par sa double passion pour la liberté et pour l'égalité, ne vienne contaminer l'Autriche. La presse y fut bâillonnée, l'Université muselée, un système de censure particulièrement sévère contrôla les théâtres. La police savait tout, informée par un réseau d'espions plus nombreux encore qu'à Venise.

« Je suis un rocher, écrira-t-il, sur lequel se brisent les vagues du désordre. »

Il réussit à maintenir le couvercle de la bouilloire jusqu'à cette année 1848 où, dans l'Europe entière, s'embrasèrent les peuples. Celui qui, la veille encore, gouvernait une bonne partie du monde, quitta sans gloire son cher palais Kaunitz, caché dans une corbeille à linge.

Comment Beethoven échappa-t-il à la prison, lui dont chacune des lettres était ouverte par les Renseignements généraux avant de parvenir à son interlocuteur, lui qui n'avait pas besoin d'être dénoncé tant il exprimait ses critiques haut et fort (on sait que les sourds ne savent plus murmurer) ?

Beethoven lâchait ses coups. Par exemple celui-ci :

« Si la noblesse n'a plus d'argent, c'en est fini d'elle ! L'empereur peut bien assainir de nouveau sa monnaie, mais non pas le moral de ses sujets, qu'il a ruinés. »

Pour bien moins, n'importe qui d'autre aurait fini dans les geôles.

Sa gloire le protégea. Et puis, en bon Viennois, Metternich devait penser que la musique est moins dangereuse que la philosophie.

Sartre soutenait depuis toujours les Algériens en lutte pour leur indépendance. Il avait témoigné au « réseau Jeanson », qui apportait son aide aux insurgés, il avait signé, en 1960, le Manifeste dit « des 121 », appelant à l'insoumission les jeunes Français envoyés de l'autre côté de la Méditerranée pour y faire la guerre. Comme certains de ses collaborateurs le pressaient de poursuivre l'écrivain, le général de Gaulle eut cette réponse, formidable d'ironie tout autant que de sagesse politique : « On n'emprisonne pas Voltaire ! »

25

Un besoin d'enfant

Automne 1815.

Les lumières du Congrès de Vienne se sont éteintes. Musicien de l'Europe, acclamé par les altesses, Beethoven se retrouve seul. On peut dire que la mort de son frère, le 15 novembre, tombe à point nommé. Phtisique depuis des années, ce Karl laisse un fils, un autre Karl, âgé de neuf ans. Merci, mon Dieu ! Et bienvenue Monsieur Karl ! Voici l'enfant que je rêvais d'avoir ! C'en est fini de mon célibat désertique. Je deviens comme les autres, père de famille. Nonobstant un détail, qui sera vite réglé : ce jeune Karl a une mère.

Le détail s'appelle Johanna Reiss, une femme que Beethoven juge incapable d'élever le petit garçon. Il faut dire que de mauvaises rumeurs courent sur elle, alimentées par sa condamnation à un mois de prison pour « adultère constaté ». « La reine de la nuit », c'est ainsi que Beethoven ne cessera plus de l'appeler, la divinité du mal dans *La Flûte enchantée*.

L'objectif est simple : arracher Karl à cette influence néfaste.

Le combat commence. Il va durer cinq ans. Une suite de procès où tous les arguments, avec une préférence pour les plus bas, seront utilisés pour dénigrer la mère. Comme souvent (comme toujours) dans ce genre de guerre, sans la moindre cure du fils, devenu simple enjeu, trophée que l'on s'arrache.

Le 9 janvier 1816, victoire ! Beethoven obtient la tutelle. Son triomphe ne dure pas. Dès le lendemain, les vraies questions se posent : dans le capharnaüm qu'est le logis du musicien, et dans le désordre de sa vie, où trouver place, et temps, pour cet enfant de dix ans ? La réponse s'impose : la pension. Tout ça pour ça.

Un professeur de piano lui est quand même choisi, rien de moins que Czerny. Si le fils adoptif pouvait, en prime, devenir l'héritier du talent, en attendant le génie, le rêve serait complet !

Tout irait pour le mieux dans le meilleur des mondes sans… la reine de la nuit, toujours présente et qui a le culot d'aimer son petit Karl. Elle va jusqu'à se déguiser en homme pour aller le voir dans sa pension. Variation sur le thème de *Fidelio* ! Beethoven (re)devient fou lorsqu'il apprend que ce fils a, en cachette, et malgré les plus formelles interdictions, revu sa mère. La guerre reprend, les injures, les invectives, les enquêtes, la paranoïa. Karl, qui entretemps s'est enfui pour se réfugier chez sa mère, est appelé à témoigner. Il raconte les bizarreries de son oncle, ses absences, parfois ses violences. En conséquence, la tutelle de Karl est retirée à Beethoven et le pauvre garçon (douze ans) se retrouve dans une nouvelle pension.

Le long mémoire qu'écrit Beethoven (quarante-huit pages) est une clameur de haine. Délires de tous ordres et d'abord celui de la persécution. Toutes les relations sont sollicitées, et jusqu'à l'archiduc Rodolphe. Si bien qu'en appel, le jugement est cassé. Karl revient à Beethoven… qui le renvoie en pension.

Bientôt s'ajoute un autre sujet de tension. Celui en qui Beethoven voyait son héritier musical semble pencher vers… le commerce, avant de choisir le métier des armes. Indescriptible fureur du tuteur. Et véto absolu.

C'en est trop pour le jeune homme (dix-neuf ans). Fin juillet 1826, à Bonn, il achète deux pistolets et monte jusqu'aux ruines de Rauhenstein. À la première tentative, il se manque. Il recommence et se blesse à la tempe. Quand, le lendemain, on le découvre sanglant, il demande d'être transporté chez sa mère.

Cette fois, Beethoven ne peut que céder. Karl sera donc militaire.

La paix ne lui viendra qu'à la mort de son oncle. Il rencontrera une Caroline, qui lui donnera quatre filles (dont la première sera baptisée Karoline-Johanna) et un fils (Ludwig-Johann). Dans l'intervalle, Karl aura quitté l'armée pour gérer une ferme où il vivra, enfin tranquille, jusqu'à sa mort (1858).

Beethoven est tout entier dans cette bien triste histoire : beaucoup trop d'amour en lui, pour bien trop peu de raison.

Cette guerre contre la solitude, cette quête éperdue de présence et de chaleur humaines ne va pas s'arrêter là. Elle le hantera, et l'obsédera, jusqu'à sa dernière heure.

26

Le havre d'une famille adoptive (II)

Les Brunswick sont des aristocrates hongrois, venus s'installer à Vienne en 1799. Les enfants, au nombre de cinq, forment une joyeuse fratrie qui se considère comme « une république ». Comme d'habitude, Beethoven y entre pour donner des leçons de piano à deux des filles, Thérèse et Joséphine (dite Pépi). Comme d'habitude, il tombe amoureux, sans trop savoir de laquelle. Et comme d'habitude, il leur envoie des poèmes (de Goethe) accompagnés de musique. On joue, on dîne, on danse, on est heureux, Ludwig n'est plus seul. Et les Brunswick, jamais, ne l'abandonneront.

En échange, il leur donnera ce qu'il pouvait, non l'argent, qu'il ne possédait pas, mais un ticket d'entrée dans la postérité, la dédicace d'une œuvre. Thérèse sera dédicataire de la sonate opus 78, Franz, leur frère, verra son nom inscrit sur la partition de l'opus 57, la sonate *Appassionata*, et de la fantaisie pour piano opus 77. Giulietta recevra en cadeau la *Clair de lune* (opus 27). Quant à Pépi, il lui reviendra un Lied, *An die Hoffnung* (À l'espérance). Certains affirment que c'était elle, l'immortelle bien-aimée.

Familles adoptives. Enfant adopté. Ludwig orphelin ? Sans doute son existence aurait-elle été moins dure, les siens ayant toujours été pour lui plus des charges que des aides.

27

La stratégie des amours impossibles

Nulle image ne serait plus fausse que celle du créateur composant dans le désert de la solitude. Personne ne fut plus entouré.

De foules, de relations, de protecteurs, d'amis sincères ou intéressés, souvent fâchés, toujours réconciliés, et… de femmes.

Éléonore, Thérèse et Joséphine, Giulietta, de nouveau Joséphine, Marie (épouse Bigot), une autre Marie (comtesse Erdödy), Thérèse (ne pas confondre avec la précédente du même prénom), Bettina, Rahel, Nanni et Fanny, Nanni ou Fanny, Antonie, Amalie…

La séquence ne change pas, variations, peu inventives, sur le même thème, celui de l'amour impossible.

Comme le note Bernard Fauconnier : « Il cherche à construire des circonstances calamiteuses, donne tous les torts à la réalité décevante pour se réfugier dans la seule vérité qui vaille, la musique. »

Le drame, en cinq actes, de l'amour impossible pourrait suivre la logique (la pathologie) suivante.

Ouverture.

Le rideau se lève sur un cœur à prendre. Le personnage est bourru, certes, mais touchant. Pas très soigné de sa personne, c'est le moins que l'on puisse en dire. Mais sa notoriété grandit. Et si ses revenus sont encore incertains, la gloire devrait sans tarder venir et ne pourra qu'améliorer l'ordinaire. Et puis, partager la vie d'un probable génie vaut bien quelques incommodités.

Acte I : l'admiration.

La dame ou la demoiselle, souvent une élève, s'exalte.

Acte II : l'incendie.

Beethoven ne résiste pas longtemps. Il prend feu. Le caractère du Ludwig étant ce qu'il est, sombre (la joie n'étant pour lui qu'un hymne, à savoir une île inatteignable), cette passion se mêle de douleur, celle-ci attisant celle-là.

Acte III : le projet.

Beethoven ne rêve plus que d'un mariage. Ah, créer une famille ! Ah, engendrer ! Ah, vivre comme les autres, entouré d'enfants, dans l'harmonie et la paix d'une famille ordinaire ! Son unique opéra ne s'appelle-t-il pas *Fidelio*, l'ode à l'union éternelle comme son nom l'indique ?

Acte IV : la fabrique de l'interdit.

Le rêve de l'acte précédent vire vite au cauchemar (sensation d'étouffement, terreur de se « ranger » et des conséquences qui forcément s'ensuivent, à commencer par la stérilité créatrice). Un objectif (urgent) s'impose : l'échec. Pour y parvenir, tous les moyens sont bons. Par exemple, entre deux sœurs, choisir celle des deux qui n'est pas amoureuse de lui (Nanni del Rio, plutôt que la très éprise Fanny). Ou celle qui s'arrange très bien sans lui (il se murmure que Marie Erdödy paierait un vigoureux domestique pour certaines prestations régulières). Ou la déjà mariée, déjà fiancée. La présence, officielle ou revendiquée, d'un autre homme est la meilleure des garanties d'échouer. L'ombre d'un mari, dont on s'efforcera de se faire un ami, est la meilleure des préservations pour le reste de la vie.

Mais le plus facile, pour se garantir un échec, c'est se choisir une (beaucoup) plus jeune. La différence d'âge, au lieu d'un cadeau de l'existence, devient l'excuse parfaite, le prétexte idéal. Ainsi Thérèse, véritable dédicataire de la *Lettre à Élise*. Elle avait dix-sept ans, Ludwig trente-neuf.

Acte V : le confort de la nostalgie.

> [...] La belle cravate, travaillée de vos mains, m'a fait une surprise extrême. Elle a éveillé en moi des sentiments bien douloureux, si agréable que m'ait été la chose elle-même. Son effet fut de me rappeler le temps passé, et votre conduite généreuse envers moi m'a fait rougir de honte. Vraiment, je ne pensais pas que vous me trouviez encore digne de votre souvenir. Oh ! si vous aviez pu être témoin de mes impressions d'hier à ce propos, vous ne trouveriez sûrement pas exagéré ce que je vous dis : votre souvenir m'a fait pleurer et m'a rendu tout triste. – Je vous en prie, si peu que je puisse mériter votre confiance, croyez-moi, *mon amie* (laissez-moi vous appeler toujours ainsi), j'ai beaucoup souffert et je souffre encore beaucoup de la perte de votre amitié. Vous et votre mère chérie, je ne vous oublierai jamais. Vous avez été si bonnes pour moi que votre perte ne

peut être et ne sera pas réparée de sitôt. Je sais ce que j'ai perdu et ce que vous étiez pour moi, mais

il me faudrait pour remplir ce blanc revenir sur des scènes qu'il vous serait désagréable d'entendre, et à moi de rappeler.

[...] Adieu, mon amie. Il m'est impossible de vous nommer autrement, si indifférent que je puisse vous être. Croyez pourtant que je vous vénère, vous et votre mère, tout autant qu'auparavant. S'il m'est possible de vous faire quelque plaisir, je vous en prie, adressez-vous à moi ; c'est encore le seul moyen qui me reste de vous exprimer ma reconnaissance pour l'amitié dont j'ai joui.

Faites un heureux voyage et ramenez votre chère mère en parfaite santé. Pensez quelquefois

à votre ami toujours respectueux

BEETHOVEN[1]

Comme les cailloux du Petit Poucet dans la forêt profonde, Beethoven sème des dédicaces toutes semblables : *An die Hoffnung*, « À l'espérance ». Mais quelle horreur si à cette espérance il était répondu.

Enfin le temps vient pour l'« amitié amoureuse », dont personne n'a mieux parlé que La Fontaine.

On sait que ce dernier était cousin de Racine. Lequel fut fou d'amour pour son actrice Marie Desmares, dite la Champmeslé, créatrice d'Iphigénie et de Phèdre. On sait moins que cette Champmeslé débordait d'admiration pour les fables du cousin, et surtout, dit-on, pour ses contes érotiques. Quelle fut

1. Massin, p. 50.

la nature exacte de leur relation ? On peut en avoir une idée (peut-être incomplète) dans ces vers du fabuliste :

Vous auriez eu mon âme tout entière
Si de mes vœux j'eusse plus présumé ;
[...]
Par des transports n'espérant pas vous plaire ;
Je me suis dit seulement votre ami ;
De ceux qui sont amants plus qu'à demi :
Et plût au sort que j'eusse pu mieux faire.

Finale : le chef-d'œuvre d'une énigme.

La stratégie précédemment décrite pouvant décevoir (comment un homme par ailleurs si courageux, capable de vaincre tant d'adversités, a-t-il pu se défiler devant la toute simple aventure d'aimer ?), « l'immortelle bien-aimée » entre en scène.

Trois lettres lui sont adressées au mois de juillet 1812, le 6 au matin, le 6 au soir, le 7 au matin. Trois lettres retrouvées après sa mort dans ses papiers avec le Testament de Heiligenstadt.

« Le 6 juillet au matin.

Mon ange, mon tout, mon moi – quelques mots seulement aujourd'hui et même au crayon (avec le tien) – ce n'est pas avant demain que mon logement sera définitivement arrêté – quelle misérable perte de temps pour de telles choses : – mais pourquoi ce profond chagrin alors que la nécessité parle – notre amour peut-il exister autrement que par des sacrifices, par l'obligation de ne pas tout demander, peux-tu faire autrement que tu ne sois pas toute à moi et moi à toi ? – Ah Dieu, contemple la belle nature et tranquillise tes esprits sur ce qui doit être, – l'amour exige tout et avec toute raison, ainsi en est-il de *moi avec toi*, de *toi avec moi*, – mais tu oublies si légèrement que je dois vivre *pour moi* et *pour toi* – si nous étions tout à fait réunis, tu éprouverais aussi peu que moi cette douleur. – Mon voyage a été terrible ! je ne suis arrivé ici qu'hier à 4 heures du matin ! Comme on manquait de chevaux, la poste a pris une autre route, mais quel chemin épouvantable ; à l'avant-dernier relais, on me conseilla de ne pas voyager de nuit – on me parla, pour m'effrayer, d'une forêt à traverser, cela n'a fait que m'exciter, et j'ai eu tort, la voiture aurait dû se briser dans ce terrible chemin, simple chemin de terre défoncé – sans des postillons comme ceux que j'avais, je serais resté en route. Esterhazy, par l'autre chemin ordinaire, a subi le même sort, avec huit chevaux, que moi avec quatre – pourtant j'ai éprouvé un certain plaisir, comme toujours quand j'ai heureusement surmonté un obstacle. – Maintenant vite [revenons] de l'extérieur à l'intérieur ! nous nous reverrons sans doute bientôt, aussi aujourd'hui je ne peux te faire part des observations que j'ai faites sur ma vie pendant ces quelques jours – si nos cœurs étaient toujours serrés l'un contre l'autre, je n'en ferais pas de pareilles. Le cœur est [trop] plein pour pouvoir te dire quelque chose – ah ! – il y a des moments où je trouve que la parole n'est absolument rien encore – égaye-toi – reste mon fidèle, mon unique trésor, mon tout, comme moi pour toi ; quant au reste, les dieux décideront de ce qui doit être et de ce qui adviendra pour nous.

Ton fidèle, LUDWIG »

« Lundi soir 6 juillet.

Tu souffres, toi mon être le plus cher – à l'instant j'apprends que les lettres doivent être remises de très grand matin. Lundi – jeudi – les seuls jours où la poste part d'ici pour K.[arlsbad] – Tu souffres – ah, là où je suis, tu es aussi avec moi, avec moi et toi, je ferai que je puisse vivre avec toi, quelle vie !!!! ainsi !!!! sans toi – poursuivi ici et là par la bonté des hommes que je désire aussi peu mériter que je la mérite – humilité de l'homme devant l'homme, – elle m'afflige – et quand je me considère dans l'ensemble de l'univers, que suis-je, et qu'est celui – qu'on appelle le plus Grand – et pourtant – là encore est l'élément divin de l'homme – je pleure, quand je pense que tu ne recevras vraisemblablement que samedi la première nouvelle de moi – quel que soit ton amour pour moi, pourtant je t'aime encore plus fort – mais ne te cache jamais de moi – bonne nuit – comme baigneur il faut que j'aille dormir. Ah Dieu – si près ! si loin ! N'est-il pas un véritable édifice céleste, notre amour mais aussi solide que la voûte du ciel. – »

« Bon matin, le 7 juillet – au lit les pensées se pressent déjà vers toi, mon immortelle Bien-Aimée, parfois joyeuses, puis de nouveau tristes, demandant au Destin s'il nous exaucera. – Vivre, je ne le peux qu'entièrement avec toi ou pas du tout, j'ai même résolu d'errer au loin jusqu'au jour où je pourrai voler dans tes bras et pourrai me dire tout à fait dans ma patrie auprès de toi, puisque, tout entouré par toi, je pourrai plonger mon âme dans le royaume des esprits. – Oui, hélas ! il le faut – tu te résigneras d'autant mieux que tu connais ma fidélité envers toi, jamais aucune autre ne peut posséder mon cœur, jamais – jamais – ô Dieu, pourquoi faut-il s'éloigner de ce qu'on aime ainsi, et pourtant ma vie à W.[ien : Vienne] maintenant est une vie misérable – ton amour a fait de moi à la fois le plus heureux et le plus malheureux des hommes – à mon âge maintenant j'aurais besoin d'une certaine uniformité, égalité de vie – peut-elle exister, étant donné notre liaison ? Ange, je viens d'apprendre que la poste part tous les jours – et il faut donc que je m'arrête afin que tu reçoives cette lettre tout de suite. – Sois calme, ce n'est que par une contemplation détendue de notre existence que nous pourrons atteindre notre but, qui est de vivre ensemble – sois calme – aime-moi – aujourd'hui – hier – quelle aspiration baignée de larmes vers toi – toi – toi – ma vie – mon tout – adieu – oh ! continue à m'aimer – ne méconnais jamais le cœur très fidèle

de ton aimé L.
éternellement à toi
éternellement à moi
éternellement à nous[1]. »

Trois lettres qui approfondissent le mystère.

Première série de questions : pourquoi ces lettres se trouvaient-elles chez Beethoven ? Les avait-il *vraiment* envoyées ? Dans l'affirmative, pour quelle raison la destinataire les avait-elle retournées ? Par refus de cet amour ? De crainte qu'on ne les découvre ? Cette prudence nous mettrait sur la piste d'une femme mariée, comme si souvent parmi les amours de Beethoven. Quel meilleur rempart contre la *possibilité* d'un amour que l'engagement *ailleurs* de l'objet de cet amour ?

L'autre série de questions concerne *l'identité* de la Bien-Aimée. Tous les Sherlock Holmes de l'histoire musicale ont mené l'enquête.

1. Massin, p. 232-234.

Saluons les limiers mais, franchement, quelle importance ? Puisque aussi bien cette passion, selon toute probabilité, n'a pas été vécue. Jusqu'à preuve du contraire, et malgré les logiciels de reconnaissance faciale, les rêves n'ont pas besoin d'état civil.

Et même si nous connaissions son nom, était-ce à *la personne* portant ce nom que s'adressaient ces lettres ou à une belle image ? À une Giulietta, à une Antonie, de chair et de sang, et de quotidienneté, de partage de ses trivialités, ou à un hologramme interchangeable de l'Amour ?

Et d'ailleurs, quelle est la *réalité* des muses ? Lorsque rougissaient les yeux d'Elsa, Aragon courait-il à la pharmacie chercher des gouttes pour soigner cette conjonctivite ?

*

Mais l'explication de ces échecs *voulus* n'est-elle pas plus simple : « Si j'avais voulu sacrifier ma force vitale à l'amour, que serait-il resté pour le noble, pour le meilleur ? » (*Carnets de conversation*).

28

Le temple pur de l'amitié

La guerre pour un label

Pour un fils, *chargé*, dès son plus jeune âge, d'une famille, et quelle famille ! ; pour un Ludwig si bouleversé d'émotions que toujours interdit d'amour réciproque ; pour un Beethoven contraint jusqu'à sa mort, malgré sa gloire et son génie reconnu, de batailler pour son pain quotidien, l'amitié fut le seul répit dans cette guerre que fut sa vie, un royaume de confiance et de paix, même si de violents orages le secouaient fort et régulièrement.

Nous savons, depuis la cour de récréation, que la jalousie est aussi vive en amitié qu'en amour. Nous avons tous souvenir de farouches batailles pour mériter le titre de *meilleur ami.* Nous n'oublierons jamais ces déceptions cruelles quand un autre nous était manifestement préféré. Et si vient la notoriété de celui qu'on dit aimer, pour ne rien dire de la célébrité, la compétition vire à la férocité.

Je me rappelle l'éditeur-écrivain, Jean-Marc Roberts. Sitôt sa mort annoncée commença la course à l'échalote des déclarations. Chacun voulait, par oral ou par écrit, afficher sa tristesse et sa relation, bien sûr exclusive, avec le tout récent disparu. Comme je continuais de me taire, une journaliste (de *Elle*) finit par m'appeler : On vous disait proches, c'était donc faux ? Je lui répondis seulement que nous nous étions appelés chaque matin, trente-cinq années durant.

Portrait chinois. Si l'existence de Beethoven fut une guerre, qui choisit-il pour garde rapprochée ? Si c'était une escalade vers le sommet, qui emmena sa cordée ? Si ce fut un bateau en route bringuebalé vers l'île enchantée de l'œuvre universelle, quels furent ses marins ?

Par ordre d'entrée en scène :

Ferdinand Ries.

Son père Franz, lui-même musicien, avait soutenu les Beethoven dans les pires moments, lorsque la mort de Maria Magdalena les avait laissés seuls et quasiment sans ressources. Ludwig avait de la mémoire. Lorsque, à Vienne, il reçoit une lettre de ce Franz lui recommandant son fils Ferdinand, il lui ouvre les bras. Ce jeune musicien n'a pas seize ans. Il deviendra son seul véritable élève, lui qui n'enseignait que par nécessité. Et l'un des témoins les plus précieux de sa vie. Un épisode résume la tendresse de leur relation :

> Dans la lettre de recommandation de mon père à Beethoven, se trouvait l'ouverture d'un petit crédit près de ce dernier, dans le cas où j'en aurais eu besoin.

Je n'en ai jamais fait usage ; mais quelquefois, quand Beethoven savait que je n'étais pas fort à l'aise, il m'envoyait de l'argent sans que je le lui aie demandé et sans jamais vouloir le reprendre. Il m'aimait réellement et, dans sa distraction, il m'en a donné une fois une marque très comique. Quand je revins de Silésie, où j'avais été retenu pendant longtemps dans les domaines du prince Lichnowsky en qualité de pianiste, et que je rentrai dans la chambre de mon maître, il était prêt à se raser, et savonné jusqu'aux yeux, car il avait une barbe horriblement dure et qui montait jusque-là. Il accourut à moi, m'embrassa cordialement et mit si complètement la mousse de savon de sa joue gauche sur ma joue droite qu'il n'en garda rien. Nous avons ri de bon cœur[1] !

Éloge de la brouille

Comme en amour les conflits entre amis ne semblent naître que pour le bonheur encore accru des retrouvailles, et puisque l'amitié était chez lui de l'ordre de la passion, les réconciliations étaient l'occasion d'exprimer, sans retenue aucune, la profondeur et la violence de ses sentiments.

Après une brouille, une de plus, pour un motif ignoré et sans doute inventé, avec son très cher Wegeler, Beethoven lui écrit :

Sous quel abominable jour tu m'as montré à moi-même ! Je le reconnais, je ne mérite pas ton amitié. Tu es si noble, tu as si bon cœur, et pour la première fois je n'ai

1. Massin, p. 89.

pas été ton égal, je suis tombé tellement au-dessous de toi, hélas ! j'ai fait une peine de plusieurs semaines à mon meilleur ami. Tu crois que mon cœur a perdu en bonté, grâce au ciel ! non, cela n'a pas été une méchanceté préméditée, délibérée, qui m'a fait agir ainsi, c'est mon impardonnable légèreté qui m'a fait ne pas voir la chose sous le jour où elle était réellement – ô comme j'ai honte de moi, pour toi comme pour moi – à peine j'ose encore te prier de me rendre ton amitié – ah ! Wegeler, ma seule consolation, c'est que tu me connais presque depuis mon enfance, et pourtant, oh ! laisse-moi te le dire moi-même, j'ai pourtant toujours été bon, et j'ai toujours tâché d'être droit et honnête dans mes actions, comment aurais-tu pu m'aimer autrement ? Aurais-je donc aujourd'hui en si peu de temps changé tout d'un coup si terriblement, et tellement à mon désavantage – impossible, ces sentiments du grand, du bon auraient tous tout d'un coup été éteints en moi ? Non, cher, excellent Wegeler, oh ! puisses-tu encore une fois te jeter tout entier dans les bras de ton B., fais confiance aux bonnes qualités que tu as toujours trouvées en lui ! Je te l'atteste, le temple pur de l'amitié sacrée que tu érigeras dessus, il durera ferme, éternel, aucun accident, aucune tempête ne pourront l'ébranler dans ses fondements – ferme – Éternelle – notre amitié – pardon – oubli – résurrection de l'amitié mourante, vacillante – ô Wegeler, ne la repousse pas, la main de la réconciliation, mets la tienne dans la mienne – ah ! Dieu – rien de plus – je viendrai moi-même chez toi, et je me jetterai dans tes bras, et je te demanderai l'ami perdu, et tu te rendras à moi, le repentant, qui t'aime, qui ne t'oubliera jamais.

BEETHOVEN[1]

1. Massin, p. 62.

Autre brouille avec un autre de ses plus proches, Steffen von Breuning, le frère de Lorchen. La rupture, définitive, était annoncée comme consommée le 24 juillet (1804) :

[...] Vous aurez sans doute été étonné de l'affaire de Breuning. Croyez-moi, mon cher, mon emportement n'a été que l'explosion de nombreuses circonstances fortuites et désagréables arrivées précédemment entre nous. J'ai le don de pouvoir cacher et retenir mes impressions sur une foule de choses ; mais si je suis une fois poussé à bout dans un moment où je suis plus accessible à la colère, je m'emporte alors plus rudement que tout autre. Breuning a certainement d'excellentes qualités, mais il se croit exempt de tout défaut, et ceux qu'il a le plus sont ceux qu'il croit trouver chez les autres. Il a surtout un esprit de petitesse que je méprise depuis mon enfance. Mon jugement m'a presque fait prophétiser comment il en irait avec lui, car nos manières de penser, d'agir et de sentir sont trop différentes. J'avais cru toutefois que ces difficultés pouvaient être surmontées ; l'expérience m'a prouvé le contraire. Donc, fini de l'amitié ! Je n'ai trouvé au monde que deux amis avec lesquels je n'aie jamais eu de mésintelligence, mais quels hommes ! l'un est mort [Lenz von Breuning ?], l'autre [Amenda ? Wegeler ?] vit encore. Bien que, depuis plus de six ans, nous n'ayons presque aucune nouvelle l'un de l'autre, je sais bien que j'occupe dans son cœur la première place comme lui dans le mien. Pour fonder l'amitié, il faut une complète similitude entre les âmes et les cœurs des hommes. Je ne désire rien tant que de vous faire voir la lettre que j'ai écrite à Breuning et celle qu'il m'a écrite. Non, il n'occupera plus dans mon cœur la place qu'il avait. Celui qui peut imputer à son ami des sentiments si bas et se permettre en même temps à son égard des procédés si vils n'est pas digne de mon amitié[1].

Trois mois plus tard, Beethoven envoyait un portrait de lui à son ex-ami :

Que derrière ce portrait, mon bon et cher Steffen, soit enseveli pour toujours ce qui, depuis quelque temps, s'est passé entre nous. Je sais que j'ai déchiré ton cœur. L'agitation que j'ai ressentie et que tu as dû certainement remarquer m'en a assez puni. Ce n'était pas de la malice, ce qui s'est élevé en moi contre toi ; non, car alors je ne serais plus jamais digne de ton amitié. Il y a eu de la passion chez toi et chez moi ; mais chez moi la méfiance contre toi fut excitée ; il y a eu entre nous des hommes qui ne sont dignes ni de toi ni de moi. – Mon portrait t'était destiné depuis longtemps ; tu sais bien que je l'ai toujours destiné à quelqu'un. À qui puis-je le donner de meilleur cœur, sinon à toi, mon bon, mon fidèle, mon noble Steffen ? Pardonne-moi si je t'ai fait souffrir ; je ne me suis pas fait moins de mal à moi-même. Depuis que j'ai été si longtemps sans te voir près de moi, j'ai commencé à sentir avec vivacité combien tu es et seras toujours cher à mon cœur. – Tu voudras bien revenir te jeter dans mes bras comme autrefois.

BEETHOVEN[2]

---

1. Massin, p. 132-133.
2. Massin, p. 133.

On se rappelle l'amour timide d'Éléonore-Brigitte von Breuning (Lorchen) pour son professeur, nous n'avons pas oublié les réponses enflammées, si maladroites de Ludwig.

Dix ans avaient passé.

L'une était restée à Bonn, l'autre devenait Beethoven à Vienne. Comment Wegeler annonça-t-il à son ami le plus proche son mariage avec Lorchen ? À cette nouvelle, quels furent les sentiments de Beethoven ?

Ayant connu cette situation, je peux attester de l'indissociable mélange : la blessure, féroce, de la trahison et, le temps passant, l'apaisement de la continuité.

*

Du temps que j'étais diplomate, Stéphane Hessel m'a raconté un jour à Genève l'histoire vraie de *Jules et Jim*.

Montparnasse, 1913. Helen Grund, une jeune et très belle Allemande, travaille à Paris dans l'atelier du peintre Maurice Denis lorsqu'elle rencontre un compatriote, Franz Hessel, écrivain et traducteur de Proust. Amour immédiat. Mariage. Naissance de Stéphane.

Le meilleur ami de Franz s'appelle Henri-Pierre Roché, lui aussi écrivain, intime de tous les artistes (Derain, Duchamp, Braque…). À son tour,

Henri-Pierre s'éprend d'Helen. Au lieu de se déchirer, et malgré la guerre, le trio va vivre cette passion. Des livres s'ensuivront, bien sûr, qui « mettront à nu certaines choses de l'amour » : le *Journal d'Helen*, paru en 1922. *Des amants et de leurs erreurs*, roman de Franz Hessel. Et en 1953, *Jules et Jim*, la version d'Henri-Pierre Roché, portée plus tard au cinéma par François Truffaut.

Jules et Jim aiment Catherine. Qui peut savoir dans cet amour pour la même femme la part de l'amour que se portent l'un à l'autre ces deux hommes ?

*

Bien d'autres années plus tard (1825), Lorchen écrivait : « Cher Beethoven, depuis si longtemps cher ! C'était mon désir que Wegeler vous écrive à nouveau. Maintenant que ce désir est accompli, je crois devoir ajouter encore deux mots, non pas seulement pour me rappeler davantage à votre souvenir, mais pour renouveler une demande pressante : n'avez-vous donc plus aucun désir de revoir le Rhin et votre lieu de naissance ? Et de faire à Wegeler et à moi la plus grande des joies. Notre fille Lenchen vous remercie de tant d'heures heureuses. Elle a tant de plaisirs à entendre parler de vous. Elle sait toutes les petites aventures de notre joyeuse jeunesse à Bonn, de la brouille et du raccommodement. »

Lorchen, Lenchen, Beethoven, Wegeler.

Un an plus tard, un an avant sa mort, Beethoven écrivait à Wegeler : « J'ai toujours la silhouette de ta Lorchen. Je te le dis pour que tu voies combien me sont chers tout l'amour et le bonheur de ma jeunesse. »

29

Vive la paix !

Quel être humain plus *fraternel* que Romain Rolland ?

Les dix tomes de son roman-fleuve, *Jean-Christophe*, ont fait de lui un des écrivains les plus respectés. Il recevra en 1905 le prix La Vie heureuse, ancêtre du prix Femina.

Dans ce XXe siècle qui commence à peine, il sera l'un des seuls à dénoncer les furies nationalistes qui, sous couvert de *patriotismes*, ne vont pas tarder à enflammer une Europe qui ne s'en remettra jamais.

Trop âgé pour être mobilisé (quarante-huit ans) lorsque éclate le conflit, il écrit dans son journal : « Je suis accablé. Il est horrible de vivre au milieu de cette humanité démente et d'assister, impuissant, à la faillite de la civilisation. » Il choisit de rester en Suisse où il habitait : il veut pouvoir continuer à correspondre avec ses amis allemands, dont Richard Strauss, Hermann Hesse, Stefan Zweig. Et s'il s'engage, c'est dans la Croix-Rouge. Et c'est dans le *Journal de Genève* qu'il publie un appel à la paix qui déclenche les polémiques : *Au-dessus de la mêlée*. Nous sommes le 15 septembre 1914 et, déjà, par centaines de milliers, des jeunes, français et allemands, sont tombés dans les champs de l'été.

Le premier titre du roman était : *Au-dessus de la haine.* Une haine qui va déferler sur lui, des milliers de lettres anonymes. On ne l'appelle plus que Germain Rolland.

Mais le prix Nobel de littérature lui sera attribué en 1915 « en hommage au grand idéalisme de ses écrits ainsi qu'à la sympathie et à la vérité avec lesquelles il a peint différents types humains ».

Son héros, Jean-Christophe (Krafft) n'est pas seulement un musicien allemand de génie. C'est un humaniste, un homme qui, par-delà cette complémentarité, évidente, entre la France et l'Allemagne, proclame une *fraternité* entre tous les peuples de la planète.

Pour parvenir à cette sagesse apaisée, Jean-Christophe devra traverser bien des épreuves, franchir un à un tous les cercles de l'enfer. L'Harmonie sera au bout du chemin, cet état où l'on se trouve en accord avec tous les rythmes de la Vie.

Cette conception du monde, très « indienne », aurait pu annoncer la conversation qu'il aura plus tard avec Gandhi venu lui rendre visite à Villeneuve, le 12 décembre 1931, sur les bords de son cher lac Léman. Hélas, la rencontre ne tiendra pas ses promesses. L'attention de Romain Rolland était tendue vers son hôte qui demeura dans son monde. Une photo demeure, lisez son commentaire par Charles Baudoin, ami de l'écrivain : « Portrait de deux non-violents, alors même qu'Adolf Hitler vient de prendre les rênes de l'Allemagne. »

Harmonie, *accord* et *rythmes*, ce sont les paroles du musicien qu'est Jean-Christophe, et du musicologue qu'est Romain Rolland, auteur d'une thèse de doctorat sur « l'histoire de l'opéra en Europe avant Lully et Scarlatti », puis dix ans professeur d'histoire de la musique à la Sorbonne. Sans cesser, jusqu'à sa mort, d'écrire sur Beethoven.

Vie de Beethoven (1903).
Musiciens d'autrefois (1908).
De l'Héroïque à l'Appassionata (1928).
Goethe et Beethoven (1930).
Beethoven. Les grandes époques créatrices : le Chant de la Résurrection (1937).
La Cathédrale interrompue : la Neuvième Symphonie (1943) ; *les Derniers Quatuors* (1943).

Jusqu'à sa dernière œuvre (posthume : 1945), *Finita Comœdia*, les mots ultimes qu'on prête au musicien, le 26 mars 1827.

Sans oublier *Jean-Christophe*.

Beethoven, un autre Jean-Christophe. Ou l'inverse.

30

Le sentiment océanique et la symphonie

Sigmund Freud était l'un des nombreux correspondants de Romain Rolland. Dans une lettre datée du 5 décembre 1927, l'écrivain écrit à son ami : « J'aurais aimé à vous voir faire l'analyse du sentiment religieux spontané, ou plus exactement de la sensation religieuse… le fait simple et direct de la sensation de l'éternel (qui peut très bien n'être pas éternel, mais simplement sans bornes perceptibles, et comme océanique). »

Freud lui répond par lettre et plus tard dans son livre *Malaise dans la civilisation* (1929). Ce sentiment « océanique » n'a pas, selon lui, d'origine religieuse. Il viendrait plutôt de la détresse infantile et du désir pour le père (on reconnaît bien là le psychanalyste), remplacé peu à peu par l'angoisse devant la puissance du destin.

André Comte-Sponville va plus loin. Ce sentiment, la sensation « d'union indissoluble avec le Grand Tout, et d'appartenance à l'Universel » telle la vague ou la goutte d'eau dans l'océan, n'a rien de religieux. « J'ai même, pour ce que j'en ai vécu, l'impression inverse : celui qui se sent “un avec le Tout” n’a pas besoin d’autre chose. Un Dieu ? Pour quoi faire ? L’univers suffit. Une Église ? Pour quoi faire ? Le monde suffit. Une Foi ? À quoi bon ? L’expérience suffit. »

On rejoint Spinoza et sa formule bien connue « *Deus sive Natura* », Dieu, en d’autres termes la Nature. Un athéisme mal dissimulé qui le fit chasser de sa communauté. Et une proximité avec la pensée indienne (*cf.* Swâmi Prajñânpad).

Ce « sentiment océanique », c’est la symphonie qui l’exprime.

Apprenant l’océan, pour un livre sur le Gulf Stream, j’avais rencontré nombre de savants. Tous, ils m’avaient résumé la mer : une diversité des horloges car si les marées montent et descendent en six heures, d’autres circulations profondes s’étirent sur mille deux cents ans ; une hétérogénéité des milieux, en fonction des profondeurs, des températures, des salinités… Cet ensemble constitue l’océan. S’il y a *des* mers, il n’y a qu’*un* Océan.

Telle est la symphonie. « Une réunion de voix, de sons. » Littré.

« Accord ou sons concordants, par opposition à la diaphonie ou sons discordants. »

« Au XVIIe siècle et dans le XVIIIe, depuis le succès des opéras de Lulli, musique exécutée par l’orchestre seul. »

« Les Italiens donnent le nom de *sinfonia* aux ouvertures de leurs opéras. »

Tout est dit : la diversité des instruments et des mouvements au service de la concorde et de l'ouverture.

Comme chacun sait, Beethoven a composé neuf symphonies.

La première, en *ut* majeur, date de 1800, après des dizaines et des dizaines d'autres œuvres : sonates, trios, quatuors, variations, concertos. Il faut croire que le genre l'intimidait. La dimension pécuniaire a peut-être aussi joué : « Vous vous étonnerez que je ne fasse ici aucune différence entre une sonate, un septuor, ou une symphonie ? Mais il me semble qu'un septuor ou une symphonie trouve moins d'acheteurs qu'une sonate, c'est pourquoi je le fais, bien qu'il me semble qu'une symphonie doive certainement valoir davantage[1]. »

Il enchaîne avec deux nouvelles symphonies, *ré* majeur (1801) et *mi* majeur, commencée à Heiligenstadt (été 1802) : c'est l'*Héroïque*, initialement dédiée à Napoléon. Elle demeura la préférée du créateur.

Suit une quatrième symphonie, en *si* bémol majeur (1806).

Avant que ne viennent au monde, *en même temps* (1807-1808), comme des divinités jumelles, la cinquième (en *ut* mineur) et la sixième *Pastorale* (*fa* majeur), dont il faut citer le titre complet : *Souvenir de la vie champêtre*, plutôt expression de la sensation que peinture. Petit rappel utile : l'océan n'a pas le monopole de la nature.

1. Massin, p. 619.

La septième, « une petite symphonie » pour son auteur, viendra quatre ans plus tard (*la* majeur, 1812), précédant de peu, quelques mois plus tard, la huitième (de nouveau *fa* majeur).

Dix années passeront avant que Beethoven ne débute sa IXe (1822).

Mais l'idée de mettre en musique l'*Ode à la joie* de Schiller le hantait depuis… 1792.

Et peut-être même *bien avant*. On se souvient que son professeur Neefe, chef d'orchestre du théâtre princier de Bonn, l'avait engagé pour accompagner au clavecin les répétitions, dont celle des *Brigands*, la pièce de Schiller. À cette occasion, avait-il parlé au poète ? Ludwig n'avait que douze ans. Mais cette rençontre n'a pu que le hanter.

Quand je vous rappelais que dans l'océan, les circulations majeures sont les plus lentes…

> Beethoven, tous les pores de l'âme ouverts, […] il entend l'harmonie et fait la symphonie. Il traduit cette lyre par cet orchestre.
>
> Les symphonies de Beethoven sont des voix ajoutées à l'homme. Cette étrange musique est une dilatation de l'âme dans l'inexprimable. L'oiseau bleu y chante ; l'oiseau noir aussi. La gamme va de l'illusion au désespoir, de la naïveté à la fatalité, de l'innocence à l'épouvante. La figure de cette musique a toutes les ressemblances mystérieuses du possible. Elle est tout. Profond miroir dans une nuée. Le songeur y reconnaîtrait son rêve, le marin son orage, Élie son tourbillon où il y a un char, Erwyn de Steinbach sa cathédrale, le loup sa forêt. Parfois elle a des entrecroisements impénétrables.

Avez-vous vu dans la Forêt-Noire ces branchages démesurés où la nuit est prise comme un épervier dans un filet et se résigne sinistrement, ne pouvant s'en aller ? La symphonie de Beethoven a de ces halliers inextricables. Et, tout à coup, si le rossignol était là, il se mettrait à écouter, croyant que c'est quelqu'un comme lui qui chante. Le rossignol se tromperait, c'est mieux que lui. Il n'est que dans l'ombre, Beethoven est dans le mystère. La mélodie du rossignol n'est que nocturne, celle de Beethoven est magique. Il y a dans l'âme des jeunes filles une fleur qui chante, c'est cette fleur-là qu'on entend dans Beethoven. De là une suavité incomparable. Plus qu'un chant, une incantation. Cependant la vie réelle entre brusquement dans ce songe. Au milieu de son monstrueux et charmant poème, Beethoven donne un bal, il improvise une fête, il secoue des castagnettes, il tape sur un tambourin ; toutes les danses tournoient et passent, depuis la valse jusqu'au jaleo ; les bras entrelacés serrent les seins contre les poitrines ; à l'écart, dans la clairière, le jeune homme rougissant salue une étoile où il voit une vierge ; des sourires de belles filles apparaissent, montrant des dents pleines de lumière ; des enfants et des moineaux jasent, les troupeaux bêlent, on entend la clochette des vaches rentrantes ; il y a des chaumières sous des saules ; et c'est là le bonheur, la famille, la nature, la prairie, la floraison d'août, la jeunesse, la joie, l'amour, avec l'horreur secrète d'Irminsul debout là-bas, sous des arbres, dans les ténèbres. Puis vient le tutti, le finale, le dénouement ; le mirage se déforme, se déchire, s'ouvre, il s'y fait une profondeur, et l'on croit être au jour du Rosch-Aschana, et l'on croit voir les innombrables têtes d'Israël soufflant, joues gonflées, dans les cuivres et l'on assiste, ébloui par cette gloire, à la fête furieuse des trompettes.

Les symphonies de Beethoven sont des resplendissements d'harmonie. Les répliques de la mélodie à l'harmonie font de cette musique un intraduisible dialogue de l'âme avec la nature. Ce bruit-là pense. Dans cette végétation il y a le nid, dans cette église il y a le prêtre, dans cet orchestre il y a le cœur humain. Cette grandeur sert à faire aimer.

Insistons-y, et finissons par où nous avons commencé. Ces symphonies éblouissantes, tendres, délicates et profondes, ces merveilles d'harmonie, ces irradiations sonores de la note et du chant, sortent d'une tête dont l'oreille est morte. Il semble qu'on voie un dieu aveugle créer des soleils[1].

---

1. Victor Hugo, *Œuvres complètes : Chantiers*, coll. « Bouquins », Robert Laffont, 1985, p. 1015-1016.

31

Un albatros

Tous les témoignages convergent, Beethoven, pas plus que ses émotions, ne savait maîtriser ses gestes.

> Beethoven était, dans tout son extérieur, très gauche et très maladroit ; ses mouvements manquaient tous de dextérité et de grâce. Il prenait rarement un objet en main sans le laisser tomber ou le briser. Souvent, il renversa son encrier sur le piano proche de son pupitre à écrire. Aucun meuble, du moins aucun meuble précieux, n'était en sûreté près de lui. Tout était renversé, sali, abîmé. On aurait eu peine à comprendre comment il était arrivé à se raser lui-même, si on n'avait pas fait attention aux balafres qui, d'ordinaire, sillonnaient ses joues. Jamais il ne put apprendre à danser en mesure.
>
> RIES[1]

Comment expliquer une telle maladresse chez un virtuose, magicien de la précision dès que ses doigts s'approchaient d'un clavier ?

Alors vous vient l'image de l'Albatros.

1. Massin, p. 89-90.

Souvent, pour s'amuser, les hommes d'équipage
Prennent des albatros, vastes oiseaux des mers,
Qui suivent, indolents compagnons de voyage,
Le navire glissant sur les gouffres amers.

À peine les ont-ils déposés sur les planches,
Que ces rois de l'azur, maladroits et honteux,
Laissent piteusement leurs grandes ailes blanches
Comme des avirons traîner à côté d'eux.

Ce voyageur ailé, comme il est gauche et veule !
Lui, naguère si beau, qu'il est comique et laid !
L'un agace son bec avec un brûle-gueule,
L'autre mime, en boitant, l'infirme qui volait !

Le Poète est semblable au prince des nuées
Qui hante la tempête et se rit de l'archer ;
Exilé sur le sol au milieu des huées,
Ses ailes de géant l'empêchent de marcher.

Dieu n'a pas créé les grands oiseaux pour qu'ils s'occupent des travaux ménagers.

Décidément, pas plus océanique que cet homme-là, lui qui, à ma connaissance, n'aura jamais vu la mer.

32

Une messe désenchantée

Beethoven : catholique ou franc-maçon ? Catholique *et* franc-maçon ? Ou, sans besoin de ces classifications, hanté par un dévorant sentiment religieux, « océanique » ?

Sa *Missa solemnis*, son œuvre pour lui majeure, son monument, déborde le cadre d'une simple messe. C'est une plongée, l'odyssée d'une initiation, telle *La Flûte* de Mozart.

Fin 1817, Beethoven retrouve des forces. Il sort des années les plus difficiles d'une existence qui, pourtant, ne manqua jamais d'épreuves : batailles familiales, désaffection du public viennois, précarité financière croissante, enchaînement de maladies, de plus en plus graves. Cent fois, il songe au suicide. Jamais il n'aura si peu créé. Et puis, soudain, une sonate lui vient, qui le sauve, *Hammerklavier*, l'Himalaya du piano.

En même temps que ces virtuosités, le besoin le taraude d'exprimer une spiritualité qui l'a gardé vivant durant ces heures sombres. L'occasion lui est donnée, en juin 1818, lorsque son élève principal et princier, l'archiduc Rodolphe, devient archevêque d'Olmütz. « Le jour où la grand-messe composée par moi sera exécutée durant les cérémonies célébrant Votre Altesse impériale sera pour moi le plus glorieux de ma vie, et Dieu m'inspirera… »

À corps perdu il se lance dans un travail colossal qui va durer cinq ans.

La construction de cette cathédrale qu'est la *Missa solemnis* a été magnifiquement racontée par Romain Rolland (*Le Chant de la Résurrection*) et aussi par Brigitte et Jean Massin.

On y voit un homme plongeant aux racines de la culture chrétienne, explorant les plus vieux chorals des moines, relisant Luther « *Gott ist eine feste Burg* » (Dieu est une solide forteresse), recopiant des passages entiers du *Messie* de Haendel, annotant les Kyrie et Sanctus, « *Gott hat mich nie verlassen* » (Dieu ne m'a jamais abandonné).

Mais rien n'échappe à l'enquête du commissaire Romain Rolland. Il accumule les preuves d'une tiédeur certaine de Beethoven vis-à-vis de l'Église catholique :

> Il serait absurde d'en conclure que Beethoven esquivait ces articles de foi ; mais il est sûr que ces articles n'éveillaient pas en lui un vif intérêt. Et l'on a pu relever ce fait paradoxal que J.-S. Bach, qui était protestant, a, dans un air de basse, avec des vocalises fleuries, copieusement célébré « la Sainte Église catholique et apostolique », – alors que le catholique Beethoven s'en est étrangement débarrassé, dans un chuchotement précipité du seul ténor, parmi l'ensemble des voix qui n'en

soufflent mot. Les quatre voix ne se retrouvent toutes ensemble que pour articuler, bien nettement, dans le silence subit des trombones… leur foi dans « la rémission des péchés[1] ».

Plus grave, son analyse de l'*agnus dei* montre que, de version en version, s'éloigne l'espérance d'une paix future, *dona nobis pacem.*

« Un Maître aussi réfléchi, qui n'écrit rien au hasard, n'eût pas manqué de donner à sa Messe une conclusion plus ferme si lui-même, qui y aspirait de tout son être, ne se fût tenu, contraint par sa rigoureuse sincérité, à avouer l'incertitude où son recours à Dieu – cet effort gigantesque de cinq ans – l'avait mené. » (Romain Rolland.)

Pour finir, une messe désenchantée.

1. Massin, p. 695.

33

Les trois sœurs

Depuis leur rencontre, lors de ce fameux voyage d'automne 1791 vers les chevaliers Teutoniques, jamais le piano et Beethoven ne s'étaient quittés.

Et jamais ils ne se quitteront. Avant de mourir, Ludwig composera encore pour lui, grâce à lui, des bagatelles et des variations (sur un thème de Diabelli). Quelques jours avant sa fin, les 15 et 16 mars 1827, il notait encore pour un quintette (en *sol* majeur) qui demeura inachevé.

Nous savons que son amour n'empêchait pas les incartades. Tout en se donnant au piano, au « piano seul », son inépuisable élan allait se promener ailleurs. Si le « en même temps » ne parvient guère à faire ses preuves en politique, si, dans la sphère privée, il faut la rouerie d'un Mitterrand pour ne pas y perdre des plumes (bien au contraire), il semble qu'en musique la diversité concomitante attise le génie.

Pendant une période plutôt longue, quatre années, le piano put apaiser sa jalousie : Beethoven lui consacra le meilleur de son énergie. En échange de ce quasi-monopole, dont il savait la précarité, le piano, son aimé, lui fit cadeau de toutes ses capacités.

1818 : la sonate à marteaux, *Hammerklavier.*

1819, 1820, 1821 : trois sonates, écrites *en même temps.* On se rappelle que, souvent dans sa vie, Beethoven hésita entre des sœurs. L'amour de l'une engendrait une passion pour l'autre et le regret de ne pas se faire apprécier de la troisième. Pourquoi cette sorte de danse, cette ronde des sentiments, ne s'appliquerait-elle pas à cette variante de la passion d'aimer qu'est la création artistique ?

Pourquoi ces trois sonates me font-elles toujours penser aux *Trois Sœurs*, la pièce de Tchekhov ?

Mi majeur, *la* majeur, *ut* mineur.

Olga, Macha, Irina.

Les trois tonalités de vies qui s'affrontent à des rêves et luttent pour la paix de l'âme.

Trois sonates qui seront les dernières.

Cent quatre-vingt-dix-neuf ans plus tard, au cœur d'un confinement rendu nécessaire par un méchant virus, Michel Dalberto nous joue l'ultime, la trente-deuxième (l'opus 111). Dehors, il fait froid, un froid glacial de janvier. Une fois de plus, notre trio a trouvé refuge chez Alain, avenue de Lowendal. Comme si sa gentillesse et cette proximité des Invalides convenaient à notre fragilité, pour l'instant épargnée par l'épidémie, mais pour combien de temps ?

Après l'*allegro* commence la douceur d'un *arietta*, vite suivi de variations vertigineuses, ancêtres des *rag time* futurs. Libre, pas plus *libre* que Beethoven à ces moments-là !

Pour qu'il s'agisse d'une *vraie* sonate, les musicologues attendaient une suite. Le compositeur ne l'a pas jugée nécessaire.

Comme s'écriera Wagner après l'avoir entendue, jouée par Rubinstein : « C'est là toute ma doctrine. Le premier mouvement est la volonté dans sa douleur et son héroïque désir ; le second est la volonté apaisée, comme l'homme la possédera lorsqu'il sera devenu raisonnable, *végétarien*. »

34

Naissance des hymnes

Le 15 novembre 1688, Guillaume III d'Orange, *stathouder* (gouverneur) de Hollande, accompagné de sa femme Marie, débarque à Torbay, côte sud de l'Angleterre. Son armée compte vingt mille hommes, pour deux tiers des mercenaires, mais aussi quatre milliers de volontaires huguenots. Un peu partout en Europe, la guerre fait rage entre protestants, que l'édit de Nantes vient de chasser de France, et catholiques incarnés par Louis XIV mais aussi par Jacques, roi d'Angleterre, par ailleurs père de… la princesse Marie. Ayant vite perdu la bataille, Jacques est contraint de fuir. L'Orange monte sur le trône, contraint de signer un accord avec le Parlement, le *Bill of Rights*, qui garantit, notamment, l'élection libre des membres du Parlement.

Telle fut la révolution qu'on nomme « glorieuse » et aussi « *bloodless* », car supposée n'avoir pas fait couler de sang.

Cinquante-sept ans plus tard, un Orange, bien sûr protestant, est toujours sur le trône d'Angleterre mais une menace se profile au nord. Durant l'été

1745, une troupe de *highlanders*, menée par le prince Charles Edward Stuart, bien sûr catholique, marche sur Londres pour reprendre le pouvoir et réinstaller dans l'Albion la vraie foi.

Même si cette tentative échoue, les Orange ont tremblé. Il faut au plus vite rassembler le royaume par quelques symboles ; et pourquoi pas un hymne[1] ?

À quel autre musicien que Georg Friedrich Haendel faire appel ? Il est d'origine allemande, comme le nouveau souverain Guillaume, un roi d'Angleterre qui *ne parle pas anglais*. L'un des oratorios du maître raconte l'histoire de Salomon telle que rapportée dans la Bible (Livre des Rois). Où trouver référence plus appropriée ? L'Angleterre n'est-elle pas un autre Israël, patrie d'un autre peuple élu, toujours menacé dans son existence et toujours sauvé par Dieu ?

Zadok le prêtre et Nathan le prophète
sacrèrent Salomon roi
Et tout le peuple se réjouit et dit :
Que Dieu garde le roi, longue vie au roi !
God save the King, long live the King !

Par une savoureuse ironie, l'hymne national anglais ne retiendra dans l'œuvre de Haendel que *les paroles*.

---

1. Merci à Estebán Buch et à son maître-livre *« La Neuvième » de Beethoven. Une histoire politique*, coll. « Bibliothèque des Histoires », Gallimard, 1999. Oui, la musique est aussi « politique » ! En des pages éclairantes, aussi savantes que vivantes, Buch explore et raconte les liens entre ces deux arts, celui de gouverner les peuples et celui de les enchanter.

La musique est d'origine inconnue, une mélodie populaire qui daterait du XVIe siècle…

Toujours est-il que l'hymne résonne pour la première fois dans le théâtre royal de Drury Lane, durant l'automne 1745, cette année de tous les périls pour la dynastie. On comprend pourquoi il fut appelé « une chanson urgente ». Immédiatement, Londres l'adopte. Et bientôt, c'est tout le royaume qui reprend en chœur :

God Save the King !

La Marseillaise et le *God Save the King* sont frères.

Presque concomitants, fille et fils du XVIIIe siècle, ils ont même origine, militaire : la défense de la nation attaquée.

Comme le rappelle Estebán Buch, la Révolution française, à peine déclenchée, à peine prise la Bastille, se cherche une alliée dans la musique. Et pas seulement parce que Jean-Jacques Rousseau, l'un de ses principaux inspirateurs, est musicologue et musicien, jeune chanteur dans la maîtrise d'Annecy, compositeur d'innombrables pièces, dont un *Devin du village*, auteur d'un *Dictionnaire de la musique* et des articles correspondants dans l'Encyclopédie…

Quelle plus belle, quelle plus forte allégorie du *Contrat social* qu'un chant repris en chœur par tout un peuple ? Le 8 juillet 1790, veille de la grande Fête de la Fédération, le journal *Chronique de Paris* appelle au remplacement du *Te Deum* (« des tyrans l'ont fait chanter, on l'a chanté pour des crimes, on l'a chanté pour des puérilités ») par un hymne écrit dans notre langue : « Que l'exécution soit simple !

De jeunes garçons qui ne seront pas tondus ; des jeunes filles naïves comme la liberté, intéressantes comme la liberté, belles comme la liberté, chanteront l'hymne au Dieu de la liberté. Un refrain sera répété par le chœur, le chœur de vingt-quatre millions d'hommes », puisque tel était, alors, le nombre des Françaises et des Français.

Ce vœu d'un chœur de vingt-quatre millions d'hommes et de femmes ne fut exaucé que deux ans plus tard, lorsque la fête cédera place à la guerre, une guerre totale contre l'entièreté de l'Europe, une guerre déclarée le 20 avril 1792.

Claude Joseph Rouget de Lisle est un soldat en poste à Strasbourg. Un capitaine du génie, pour être précis, mais aussi poète et musicien amateur. Il a déjà composé pour saluer la Révolution. Le maire de la ville, Philippe-Frédéric de Dietrich, lui commande un hymne de nature à réveiller les ardeurs populaires que les circonstances exigent : la patrie est en danger, comme vient de le proclamer l'Assemblée nationale. Au capitaine artiste il suffit d'une nuit, celle du 25 avril, pour composer le *Chant de guerre pour l'armée du Rhin.* La suite est racontée par Louise, épouse du maire, dans une lettre à son frère : « Depuis quelques jours, je ne fais que copier ou transcrire de la musique, occupation qui m'occupe et me distrait beaucoup en ce moment où partout on ne parle et discute que de musique… Mon mari, qui est bon ténor, a chanté le morceau qui est fort entraînant et d'une certaine originalité. C'est du Gluck en mieux, plus vif et plus alerte… »

Sitôt entendu, le chant est adopté et le refrain repris par la France entière, et d'abord sur les champs de bataille, de Valmy à Jemappes : *Aux armes, citoyens !*

Le 10 août 1792, un bataillon venu de Marseille envahit le palais des Tuileries. Que peut-il clamer d'autre ? C'est ainsi que le chant strasbourgeois devient *Marseillaise*.

Son parcours ne fait que commencer.

De *vrais* musiciens tout de suite s'en emparent pour harmoniser quelque peu la mélodie simplette. Le premier est François-Joseph Gossé, dit Gossec. Au paradis où ce pauvre homme réside, il doit l'avoir mauvaise. Lui, le professionnel, violoniste virtuose, ami de Mozart, auteur d'innombrables pièces, directeur d'opéra et du futur Conservatoire, compositeur officiel de la Révolution puis de l'Empire, chevalier de la Légion d'honneur, ne devoir sa (toute petite) place dans la mémoire qu'à sa retouche de la grandiloquente œuvrette d'un militaire ! Plus tard, d'autres prendront le relais, innombrables, de Berlioz à Serge Gainsbourg (*Aux armes, et cætera !*).

Et l'Europe, aussi, l'Europe entière la fait sienne.

La Marseillaise ne devient pas seulement l'hymne de tous les républicains anglais, allemands, autrichiens, italiens, irlandais, polonais. Estebán Buch rappelle ces deux anecdotes incroyables. À Valmy, en septembre 1792, le prince prussien, impressionné par le chant des soldats français, en demande la musique. Après recherches, on lui tend la partition. Il aurait répondu : « Vous auriez pu garder pour vous les paroles. » Plus tard, à Mayence, prise par ces mêmes

Prussiens, on exécute *La Marseillaise* devant six mille hommes. Et, sur la même musique, une adaptation sera jouée dans toute l'Allemagne : *Schlacht Lied der Deutschen*, la « bataille des Allemands ».

C'est ainsi, par un renversement radical, une métamorphose dont seule la musique est capable, c'est ainsi qu'on peut tenir ce *chant de guerre*, *La Marseillaise*, pour la mère de l'*Hymne à la joie*. Et cette bataille contre l'Europe entière pour la source de l'Europe unie.

Sans oublier cette folie cent fois constatée et pour cela menaçante car toujours prête à revenir : joie et guerre ne sont pas étrangères. Depuis la nuit des temps, on part au combat en chantant. L'horreur ne commencera que le lendemain.

35

Et d'abord, qu'est-ce que la joie ?

Vive 1967 !

Non parce que j'avais vingt ans.

Non parce qu'un monde s'achevait, juste avant la déferlante de l'année qui allait suivre.

Mais pour la raison, encore émerveillée, que j'y ai entendu, neuf mois durant, les plus fertiles professeurs qui soient.

À l'époque, la licence de philosophie comportait un « certificat de morale ». Drôle de programme : apprendre la morale à vingt ans, veille de 1968 !

Imaginez que pour moi se succédèrent, cette année-là :

Raymond Aron : dans le grand amphi de la Sorbonne plein comme un œuf, il détricotait tranquillement le rêve sartrien (enfantin) d'allier révolution et liberté.

Gilles Deleuze : dans une petite salle face au théâtre de l'Odéon, il nous prouvait que la philosophie pouvait être *une pratique*… si nous voulions bien nous donner la peine de lire Spinoza. « *L'Éthique* est nécessairement une éthique de la joie. Seule la joie vaut, seule la joie demeure, nous rend proche de l'action, de la béatitude de l'action… » Agitant dans l'air des doigts terrifiants car prolongés d'ongles jamais coupés, il nous dressait la liste de ces *passions tristes*, ces animaux néfastes dont il nous faudrait, un à un, nous débarrasser.

Robert Misrahi, l'être humain pourvu de la plus grosse tête que j'aie jamais rencontrée, une tête à la Beethoven : toujours concret et volontiers directif, il dardait sur nous ses yeux perçants pour nous présenter son plan, non discutable. Pour que la joie s'accomplisse, le chemin passe par quatre actes. Le premier est celui de la *fondation de l'être.* Chacun doit réaliser sa nature de conscience et de désir. Le sujet, devenu maître à bord, peut alors prendre les décisions adéquates. Le deuxième acte est celui de *l'émerveillement.* Il n'est pas d'autre monde que le nôtre, pas d'autre époque que la nôtre. La beauté du monde est constatée et créée par notre regard. Troisième acte : *l'action.* L'activité a le double pouvoir de permettre l'expression, la matérialisation du désir mais aussi la structuration du temps. Quatrième et dernier acte : *l'amour.* Lequel est *spécularité*, un terme de minéralogie, le caractère d'une pierre qui renvoie la lumière. L'amour est *spéculaire.* L'autre est considéré comme un sujet, et non comme un objet utile à mes fins.

Enfin, Vladimir Jankélévitch. Il surgissait soudain devant le tableau noir, relevait sa mèche, inspirait fort et, tout du long de l'heure qui suivrait, n'allait plus nous lâcher, nous entraînant dans la plus vertigineuse des rondes, je veux dire la plus *libre*, enchaînant érudition pure et remarques du quotidien, références livresques et réflexions politiques, histoires personnelles et projet kantien de paix perpétuelle. Ceux qui n'ont pas connu cette invraisemblable chance d'entendre le fabuleux Janké trouveront quelque consolidation dans son *Traité des vertus* : « Avec les jours ouvrables, comment composerons-nous une fête perpétuelle, un dimanche continué ? » Ce flot ininterrompu de paroles débouchait toujours sur la musique, l'autre manière, ô combien supérieure, d'exprimer la pensée philosophique. Musique, « cette expérience de l'ineffable ».

Un jour, intimidé comme jamais et comme jamais plus depuis, j'ai été reçu chez lui, quai aux Fleurs. Et dans cette pièce en rotonde qui surplombait la Seine, sur l'un de ses deux pianos cernés par des milliers de partitions, je l'ai entendu jouer une pièce dont plus tard j'appris qu'elle s'appelait *La parole manque* et que nous la devions à Janácek.

Mais j'avais fait première connaissance avec « la joie » bien avant. Je devais avoir dix ans.

C'était un dimanche, vers onze heures du matin. La messe s'achevait dans la cathédrale Saint-Corentin de Quimper. Soudain, derrière moi, les grandes orgues entonnèrent un air tout simple. Une montée de notes. Il me sembla qu'elles me prenaient par la main et m'emportaient vers le ciel, accompagné par une mystérieuse lumière.

Bouleversé, je me penchai vers ma très aimée Tante Margot, sœur de ma grand-mère, personnage tutélaire de la partie bretonne de ma famille.

— Qu'est-ce qu'on entend ?

Elle me regarda et des larmes vinrent embuer ses yeux très bleus.

— *Jésus, que ma joie demeure*, une cantate, si tu préfères une chanson d'un compositeur allemand.

— S'occuper de la joie, c'est le travail de Jésus ?

— C'est même son travail principal. Et maintenant, tais-toi ! Tu gênes les gens qui veulent prier.

Elle me souriait, tout en continuant de pleurer.

J'appris plus tard, bien plus tard, que seule cette cantate l'avait rattachée à la vie lorsque son fils Bertie était mort à trente ans dans l'accident de son avion de chasse. On disait dans la famille qu'il avait les yeux encore plus bleus.

Voilà pourquoi chaque fois que j'écoute l'*Hymne à la joie*, se mêlent à Beethoven non seulement les vers de Schiller mais le souvenir de Bach et de la cathédrale de Quimper, sans oublier les sagesses de mes quatre professeurs. Et le rêve me vient de renvoyer notre pauvre Europe en 1967 sur les bancs de notre vieille Sorbonne. Ne croyez-vous pas qu'elle a le plus urgent besoin d'apprendre ou réapprendre à lutter contre ces passions tristes et bientôt mortifères ?

36

L'ode à la joie

Friedrich von Schiller naît le 10 novembre 1759, juste onze ans avant Beethoven. La vie de cet écrivain, l'un des principaux de la langue allemande, incarne le nomadisme des intellectuels de ce temps-là, dans cet endroit de l'Europe.

Emportés par la passion du siècle pour la liberté et le savoir, ils ne se laissent enfermer dans aucune discipline. Après des études de droit, Schiller change de spécialité et choisit la médecine qu'il va exercer quelque temps… chez les militaires.

Mais ses premiers écrits, et sa haine des garnisons, le font très vite chasser de l'armée. Le voici… bibliothécaire. Son errance commence : d'un protecteur à l'autre, tous d'abord séduits puis tous ensuite irrités, il ne cesse de déménager à travers toute l'Allemagne. Il trouvera enfin quelque stabilité à Iéna pour y devenir professeur de philosophie.

Il faut dire qu'entre-temps, il a écrit sur tous les sujets, l'esthétique et l'histoire, la morale et la politique, l'antiquité comme la modernité.

Avec nombre d'œuvres majeures, principalement des poèmes et du théâtre.

Dès sa première pièce, *Les Brigands*, il rejoint les thèmes favoris du mouvement Sturm und Drang (Tempête et Passion) qui, vingt ans *avant* la Révolution française, anime la vie intellectuelle de l'Allemagne. Proclamer la légitimité première qui est celle de la liberté, dénoncer l'autoritarisme des pères et la morgue des aristocrates vis-à-vis des roturiers, ne pas s'étonner des folies engendrées par cette société figée, dont les viols, quand on interdit la sexualité, et l'infanticide, quand aucun autre choix n'est ouvert aux mères abandonnées ou trop miséreuses. Pour exprimer cette révolte, il faut trouver de nouvelles formes, de nouveaux langages, plus simples, plus crus, plus directs, en un mot plus *libres*, qui rompent avec les diktats glacés du classicisme, fils tétanisé de l'Antiquité.

Les Brigands, titre de la pièce (et manifeste) de Schiller, ne sont pas des délinquants mais des révoltés, avant-garde d'une société à venir, c'est-à-dire à créer.

Dans cet élan total, tout de suite plus engagé que celui des Lumières françaises, moins intellectuel, plus concret, plus physique, plus relié à la nature et à ses forces mystérieuses et incontrôlables, comment ne pas trouver la source d'une musique qui bientôt va emporter l'Europe ?

Cette révolte n'exclut pas le bonheur d'être, la célébration de la vie quotidienne. Au contraire, elle s'en nourrit.

Schiller est *aussi*, est *en même temps* un poète. Les titres de ses œuvres racontent une promenade tantôt épouvantée, tantôt émerveillée, parmi les légendes et les héros, face aux beautés et aux horreurs du monde : *Le Combat avec le dragon, Le Chant de la cloche, Élégie sur la mort d'un jeune homme, Les Fleurs, Rousseau, Honorez les femmes, Le Bonheur, Sentence de Confucius, L'Enfant au berceau, Kant et ses éditeurs, Les Poètes de l'Ancien Temps, Le Partage de la Terre…*

Parmi ceux-ci, son *Ode à la joie* n'avait pas sa préférence. Il l'a même d'abord exclue d'un recueil de ses œuvres, lui trouvant trop de facilité, trop de « contagion avec l'air du temps ». Seule l'instance de son éditeur l'a convaincu de l'adjoindre au florilège.

Durant l'été 1785, Schiller accepte l'invitation de son ami Christian Gottfried Körner. Juriste réputé, il recevait dans sa grande maison, près de Dresde, les plus grands esprits de son temps, parmi lesquels Goethe et Wilhelm von Humboldt (philosophe et diplomate, frère du naturaliste Alexander). De ces rencontres, la musique n'était jamais absente. Mozart y joua, et, plus tard, Carl Maria von Weber. C'est pour remercier Körner de son hospitalité que Schiller écrivit son ode légendaire.

Freude ! Freude !

Freude, schöner Götterfunken,
Tochter aus Elysium,
Wir betreten feuertrunken,
Himmlische, dein Heiligtum.
Deine Zauber binden wieder,
Was die Mode streng geteilt ;
Alle Menschen werden Brüder,
Wo dein sanfter Flügel weilt.

Joie ! Joie !

Joie, belle étincelle des dieux,
fille de l'Élysée,
Nous pénétrons avec un ardent enthousiasme
— Ô céleste ! — dans ton lieu saint.
Ton enchantement unit de nouveau
ce que la convention a rigoureusement séparé :
tous les hommes deviennent frères,
là où ta douce aile plane.

Wem der grosse Wurf gelungen,
Eines Freundes Freund zu sein,
Wer ein holdes Weib errungen,
Mische seinen Jubel ein !
Ja, wer auch nur eine Seele
Sein nennt auf dem Erdenrund !
Und wer nie gekonnt, der stehle
Weinend sich aus diesem Bund !

Celui auquel a réussi le grand coup de dé
d'être l'ami d'un ami,
celui qui a conquis une noble femme,
que sa jubilation se mêle à l'ensemble !
Oui, celui qui, rien qu'une seule âme,
peut la nommer sienne sur le globe terrestre !
Mais celui qui ne l'a pu, qu'il se dérobe
en pleurant, à l'écart de cette alliance !

Freude trinken alle Wesen
An den Brüsten der Natur ;
Alle Guten, alle Bösen
Folgen ihrer Rosenspur.
Küsse gab sie uns und Reben,
Einen Freund geprüft im Tod ;
Wollust ward dem Wurm gegeben
Und der Cherub steht vor Gott.

Tous les êtres boivent la joie
aux mamelles de la nature ;
tous les bons, tous les méchants
suivent sa trace de roses.
Elle nous a donné les baisers et la vigne,
un ami éprouvé jusqu'à la mort ;
la volupté a été donnée au ver
et le chérubin se tient debout devant Dieu.

Froh ! Froh !

Joyeux ! Joyeux !

Froh, wie seine Sonnen fliegen
Durch des Himmels prächt'gen Plan,
Laufet, Brüder, eure Bahn,
Freudig, wie ein Held zum Siegen !

joyeux, comme volent ses soleils,
à travers la plaine splendide du ciel,
courez, frères, votre chemin,
joyeux, comme un héros vers la victoire !

Seid umschlungen, Millionen !
Diesen Kuss der ganzen Welt !
Brüder ! über'm Sternenzelt
Muss ein lieber Vater wohnen.

Étreignez-vous, millions d'êtres !
Ce baiser, au monde entier !
Frères, au-dessus de la voûte étoilée
il faut qu'un bon Père habite.

Ihr stürzt nieder, Millionen ?
Ahnest du den Schöpfer, Welt ?
Such' ihn über'm Sternenzelt !
Über Sternen muss er wohnen.

Vous vous prosternez, millions d'êtres ?
Pressens-tu le Créateur, monde ?
Cherche-le au-dessus de la voûte étoilée !
Au-dessus des étoiles il doit habiter[1].

Dès sa publication, l'*Ode* rencontre un immense écho, notamment dans les loges maçonniques.

1. Massin, p. 710.

Il faut noter que, pour Schiller, la joie n'est pas l'Arcadie, c'est-à-dire le bonheur antérieur, le paradis. La joie est *à venir*. Elle est fille de l'Élysée. Cet Élysée n'étant pas le Ciel lointain et divin, mais l'ultime étape de l'histoire humaine.

37

L'œuvre de toute une vie

Que sait-on d'un commencement ? L'apparition d'une mélodie, on peut en retrouver la date. Mais qui peut préciser sa source, et qui peut nous dire quand s'est allumée l'évidence, celle d'unir un texte à cette mélodie ?

De la IXe, Jean et Brigitte Massin ont dessiné la genèse. Et ce tableau fascine, autant que le racinaire d'un arbre, le chevelu d'une rivière. Hommage à leur rigueur : ils ont volontairement omis l'hypothèse d'une rencontre entre Schiller et Beethoven, *dès* 1782, au théâtre de Bonn.

Schéma simplifié de la genèse de la *IXe Symphonie*[1].

1. *Dès* 1792.
Beethoven forme le projet de mettre en musique l'*Ode à la joie* de Schiller.

2. *Dès* 1795.
Beethoven est hanté par un thème musical qu'il appliquera successivement à divers textes poétiques.

3. *Dès* 1807.
Beethoven se propose de réaliser une œuvre orchestrale dans la conclusion de laquelle les voix s'uniront aux instruments.

4. *Dès* 1812.
Beethoven conçoit l'idée d'une IXe Symphonie en *ré* mineur.

1 + 2. *En* 1822 (*été*).
Beethoven opère la jonction entre l'*Ode à la joie* de Schiller et le thème musical qui le hantait : l'*Hymne à la joie* est trouvé.

3 bis. *Dès* 1818.
Beethoven esquisse le plan d'une Symphonie avec chœurs, distincte de la IXe en *ré* mineur, et qu'il prévoit comme la Xe.

4 bis. *Dès* 1817.
Beethoven esquisse le premier morceau de sa IXe Symphonie en *ré* mineur, puis s'interrompt.

1 + 2 + 3. *Fin* 1822.
Beethoven envisage de faire de l'*Hymne à la joie* le finale de la Xe Symphonie avec chœurs.

4 ter. 1822-1823.
Beethoven compose les trois premiers morceaux de la IXe Symphonie en *ré* mineur, et projette de lui donner un finale purement instrumental.

1 + 2 + 3 + 4. *Octobre* 1823-*Février* 1824.
Beethoven fait de sa IXe Symphonie en *ré* mineur une symphonie avec chœurs, terminée par l'*Hymne à la joie*.

1. Massin, p. 700.

Si l'on s'en tient aux données sèches de la biographie, les premières notes de la IXe auraient été griffonnées en juillet 1822 et les dernières au début de 1824.

Première erreur : comme beaucoup d'entre vous, j'imagine, je pensais qu'une œuvre d'une telle ampleur ne pouvait voir le jour que si son créateur y avait consacré l'entièreté de ses forces et de ses heures. La vérité est tout autre et ajoute encore à la sidération devant un tel accomplissement. La vie de Beethoven a *continué*, comme si de rien n'était : le même flux *d'autres* œuvres (dont *Les Variations Diabelli*, une ouverture pour orchestre, six bagatelles pour piano, deux quatuors) ; les mêmes maladies, un projet d'édition de ses œuvres complètes ; une soirée dramatique lorsqu'il veut diriger lui-même son *Fidelio* malgré sa surdité maintenant totale ; les propositions innombrables ; son grand projet de financer sa *Missa solemnis* par l'appel à la générosité des grandes cours d'Europe (aucune ne versa les cinquante ducats demandés) ; une campagne (sans succès) pour devenir (enfin) *Kappelmeister*…

Seconde erreur (qui serait vérité chez un autre que chez lui).

Qu'écrire après le finale grandiose de la IXe ?

Beaucoup pensent qu'il avait tout dit et n'avait plus qu'à mourir.

Or, il lui reste trois ans à vivre.

Trois ans pour écrire *La Grande Fugue* et les trois derniers quatuors. Rien de moins.

Après la joie, la vie avait continué.

38

« Van » n'est pas « von »

Au début de ce siècle, vingt-et-unième du nom, un historien s'est lancé dans l'enquête que tout le monde attendait pour séparer enfin, deux cent vingt ans après la Révolution française, le bon grain de l'ivraie. Et distinguer, à jamais et pour que nul n'en ignore, les imposteurs des légitimes. Ainsi est paru, aux éditions Tallandier, un épais volume que l'on a beaucoup lu dans les châteaux et certains arrondissements de la rive gauche de la Seine : réunis tête-bêche, un dictionnaire de la vraie noblesse française et un dictionnaire de la fausse noblesse. Sérénité chez les uns, ceux qui se savaient appartenir de droit et de lignage à la première liste (trois mille cinq cents familles). Grincement de dents chez les autres, ceux de la seconde engeance (cinq mille cinq cents famille) : ils avaient tant payé, trompé, maquillé pour se faire croire aristocrates. Gloire à Tallandier d'avoir su, par admirable souci de vérité, résister aux menaces comme aux séductions pécuniaires. Certains étaient prêts à tout, même engager des tueurs de la feue Yougoslavie, pour passer de l'un à l'autre dictionnaire, celui de la « fausse » noblesse, à celui de la « vraie ».

Les plus grands n'ont pas échappé à ce rêve de sang bleu. Touchant vertige chez ceux, qui, par ailleurs, avaient atteint les sommets ! Enfantine fragilité des égos les plus surdimensionnés ! Pourquoi défendre bec et ongles un nom d'emprunt alors qu'on a brillamment réussi à se faire élire président d'une république non négligeable ? Plus à l'Est, mais avec les circonstances atténuantes d'une autre époque, pourquoi cette irrésistible attirance vers la noblesse chez celui qui, dès son plus jeune âge, se savait appelé par le plus haut des destins ?

Une biographie étant faite pour apprendre, en cheminant dans la vie d'un autre, des tas de choses qui pourraient vous être utiles, sachez, une bonne fois, que « van » n'est pas « von ».

En Hollande, les trois petites lettres « van » ne signalent la noblesse que s'il est situé entre deux noms propres. Par exemple Hooft van Vrenland. Alors que « von », en Germanie, est l'équivalent de notre particule, le petit gyrophare qui indique qu'une comtesse ou qu'un marquis va suivre.

En conséquence, notre génie de la musique n'a pas sa place dans le premier des dictionnaires précités. Beethoven, un mot qui, rappelons-le, veut dire en néerlandais « champ de betteraves », n'est pas noble. Contrairement à ce qu'il a voulu laisser croire jusque tard dans sa vie, jusqu'à ce qu'un procès, pour la garde de son neveu Karl, l'oblige à voir en face son humiliante situation de roturier.

Non content de cette confusion longtemps entretenue, il a laissé courir une autre légende selon laquelle il aurait été… le fils naturel de Frédéric-Guillaume II, roi de Prusse. En quelle improbable circonstance sa mère aurait-elle rencontré le monarque, puis fauté ? Mystère.

Nathalie Krafft, dans son beau livre (*Beethoven par lui-même*), rapporte que dans son exemplaire de l'*Odyssée*, Beethoven a souligné ces mots de Télémaque à Athéna :

Ma mère m'affirme qu'il est mon père.
Mais moi, comment le saurais-je ?
Nul homme encore n'a pu vérifier qui l'a engendré.

Tous ses amis le pressaient d'en finir avec ce flou grotesque sur ses origines. À commencer par Karl Peters : « De telles choses doivent être corrigées, car il ne vous est pas nécessaire d'emprunter au roi de son lustre, c'est le contraire qui est le cas. »

Il s'obstina dans cette légende jusqu'à ses derniers jours, n'acceptant finalement la vérité que pour une seule raison : « Faire connaître la droiture de sa mère. »

Les artistes, en tout cas les artistes de certains arts, ont toujours eu besoin des puissants. Car les arts sont inégaux face à la liberté. Si un écrivain n'a besoin de presque rien pour écrire dans sa soupente et finira bien par trouver quelqu'un pour éditer son chef-d'œuvre, un paysagiste sans client n'est qu'un dessinateur, un sculpteur sans marbre qu'un gâcheur de terre glaise, et un musicien qu'une victime d'acouphènes s'il ne rencontre personne pour financer l'orchestre et les concerts qui lui permettront d'entendre ce qu'il compose. Non, tout n'était pas mieux *avant* ! Vive le numérique qui, parfois, libère.

Les puissants de ce temps-là étant les aristocrates, mieux valait les aimer. Sage attitude ! On économise beaucoup d'énergie à aimer ceux qui vous sont utiles. La sincérité est une matière qui se travaille. Et d'autant plus qu'une ambition vous habite. On ne peut pas mener tous les combats à la fois. À confondre les guerres, celle qui, seule, compte, et la foule des conflits subalternes, on se condamne à l'impuissance. Voire, on s'y complaît : parfaite excuse pour ne rien faire qu'une morale sourcilleuse de tout.

Bref, le génie de Beethoven se devait de fréquenter la noblesse, vraie ou fausse. Obligation souvent mâtinée de fascination, et de regret de ne pas « en être ».

Cette dépendance obligée, bien loin d'empêcher sa lucidité, on dirait qu'elle la stimula. Sa correspondance et ses conversations abondent en ironie et en critiques acerbes : « Prince, ce que vous êtes, vous l'êtes par le hasard de la naissance. Ce que je suis, je le suis par moi-même. Des princes, il y en a et il y en aura encore des milliers. Il n'y a qu'un Beethoven. »

À la différence de Mozart, il ne sera pas jeté dans une fosse commune. Et Vienne lui organisera de grandioses funérailles. Une nouvelle fois, le pouvoir aura préféré les génies morts. Vivants, donc libres, ils dérangent.

La conclusion de cette triste passion pour la noblesse, nous l'emprunterons à Chateaubriand, implacable ; comme d'habitude, il dit tout. Malgré son appartenance hautaine et revendiquée à l'aristocratie. « Pour Louis XIV, les artistes étaient des domestiques. Pour Fouquet, c'étaient des amis. »

39

Le manque d'argent

Tirer le diable par la queue : jamais, malgré un travail forcené, malgré l'enchaînement de triomphes publics, malgré une gloire qui franchissait les frontières, jamais il n'aura échappé à cette épuisante occupation.

Comme on lui refusait tous les postes, il dut, sa vie durant, d'abord enchaîner les leçons, ce qu'il n'aimait guère, puis courir les mécènes, ce qui l'humiliait, et négocier dur chaque concert auprès des directeurs de théâtres ou d'opéras et, pour ne pas se faire trop voler, batailler ferme auprès d'une espèce dont j'ai découvert la rapacité et l'insondable filouterie, les éditeurs de musique (je ne parle pas bien sûr de leurs descendants, tous aujourd'hui fort honorables).

La première fois qu'ils venaient chez lui, les visiteurs ne s'effaraient pas seulement du désordre, ils s'effrayaient de la misère : deux pianos sans pieds, une paillasse jetée sur le plancher.

En France, après une guerre de vingt ans, Beaumarchais avait réussi à faire admettre le principe d'un « droit d'auteur ». Cette idée puant sans doute trop la Révolution, Vienne n'en avait voulu à aucun prix, le prix, justement, de la dignité des artistes.

Nous sommes le 22 février de l'ultime année (1827). À bout de forces et de ressources, Beethoven dicte une lettre pour Moscheles :

> Je suis persuadé que vous ne m'en voudrez pas si je vous importune avec une prière… Voici la chose en peu de mots : il y a quelques années déjà, la Société philharmonique de Londres m'a fait la belle offre d'organiser un concert à mon profit. Je n'étais pas alors, Dieu merci, dans une situation à faire usage de cette noble proposition. Mais il en va tout autrement maintenant où je suis depuis plus de trois mois accablé par une longue maladie… Vous connaissez depuis longtemps mon existence, vous savez aussi comment et de quoi je vis. Il n'y a plus à penser que je puisse composer d'ici longtemps ; aussi je suis malheureusement menacé d'en venir à souffrir du dénuement.

Les communications traînent mais, le 15 mars, un ordre de Londres arrive pour la banque Eskeles : « Veuillez verser sur le compte de monsieur Beethoven la somme de cent livres sterling. »

Ce, dix jours avant sa mort, sa dernière joie, comme en témoigne sa dernière lettre :

> Avec quels sentiments j'ai lu votre lettre du 1er mars, c'est ce que je ne peux exprimer par des mots. Cette magnanimité, avec laquelle la Société philharmonique a presque devancé ma prière, m'a touché au plus profond de moi. Je vous prie donc, cher Moscheles, d'être l'organe par lequel je transmets à la Société

philharmonique mon plus profond merci pour son attention spéciale et son secours. Dites à ces dignes hommes que, quand Dieu m'aura rendu la santé, je m'efforcerai de réaliser par des œuvres mes sentiments de reconnaissance, et que je m'en remets au choix de la Société pour composer ce qu'elle voudra. *Toute une symphonie esquissée est dans mon pupitre* [c'est nous qui soulignons], ainsi qu'une nouvelle ouverture [sur le nom de *Bach*] et aussi autre chose. Au sujet du concert que la Société philharmonique a décidé de donner à mon bénéfice, je prie la Société de ne pas abandonner ce projet. Bref, je m'efforcerai de remplir tous les vœux de la Société, et je ne me serai jamais mis à une œuvre avec un tel amour que dans ce cas. Que le ciel me rende seulement la santé, et je montrerai aux généreux Anglais combien je sais apprécier l'intérêt qu'ils prennent à mon triste Destin.

Je me suis vu forcé de toucher immédiatement la somme entière de mille florins de monnaie conventionnelle, car je me trouvais justement dans la situation désagréable d'accepter de l'argent.

Votre noble conduite demeurera inoubliable pour moi ; j'enverrai également très bientôt à sir Smart et à M. Stumpff mes remerciements tout particuliers. Je vous prie de remettre à la Société philharmonique la *Neuvième Symphonie* métronomisée. Les indications se trouvent ci-jointes.

Votre ami qui vous apprécie très fort

BEETHOVEN[1]

Cette « symphonie esquissée » aurait été la dixième.

1. Massin, p. 489.

À Vienne, tout le monde avait eu vent de la maladie de Beethoven et tout le monde s'en désintéressait, tous ceux qui l'avaient acclamé jadis, les aristocrates comme les bourgeois. Et pas un d'entre eux ne se préoccupa de savoir comment vivait le musicien, quelles étaient ses ressources.

Pire encore.

Lorsque Vienne apprit l'appel de Beethoven à l'Angleterre, et la réponse généreuse de Londres, l'opinion se déchaîna contre lui, et même après sa mort. Décidément, les artistes manquaient de dignité, et surtout… de patriotisme.

*

Le partage des dépouilles

Beethoven possède encore des trésors : ses partitions. Les « amis » tournent autour d'elles comme vautours dans le ciel lorgnant une charogne.

Schindler n'est pas le dernier de ces rapaces, sa technique d'appropriation mérite des éloges.

D'abord se plaindre : « Ici, personne ne s'inquiète de lui. Vraiment, ce manque de sympathie est incroyable ! Jadis on venait le voir en équipage… maintenant, c'est l'oubli complet… J'en ai à souffrir plus que quiconque car je perds tout mon temps avec lui. Il ne veut avoir personne d'autre que moi auprès de lui, et l'abandonner dans cette situation serait inhumain. »

Ensuite, engranger.

Le 26 ou 27 février, Schindler se fait donner deux trésors : la partition du Huitième Quatuor et… celle de la Neuvième Symphonie.

Puis, protester de son désintéressement : « Oui, mon noble maître, je vous le promets devant Dieu… Ce que vous m'avez appris, rien au monde ne l'annulera et mon but suprême sera de le transmettre aux autres… Comment pouvez-vous imaginer et supposer de moi que j'estime assez peu un cadeau de vous pour le vendre ? »

Enfin, les temps étant durs et les choses ce qu'elles sont, accepter une offre, de celles qui « ne se refusent pas ».

Le roi de Prusse ayant manifesté sa volonté d'acheter, comment l'envoyer au diable ?

40

Faire commerce de sa conversation

La conversation est l'une des marques du XVIIIe siècle, l'un de ses génies, un art majeur, comme l'a rappelé Marc Fumaroli dans beaucoup de ses livres lumineux (*Quand l'Europe parlait français*).

De cette perpétuelle conversation entre Beethoven et ses amis, nous disposons d'un trésor : des *Cahiers*.

Pour converser avec lui, ses amis n'avaient d'autre solution que lui écrire. Et lui leur répondait, à voix haute puisque, hélas, leurs oreilles à eux fonctionnaient.

Ainsi n'avons-nous hérité que d'une demi-conversation, où manque le principal, la partie de Beethoven. C'est lui qui est sourd et c'est nous qui ne l'entendons pas.

Mais il y a pire.

Qu'un homme, un proche parmi les proches, ait, après la mort du glorieux défunt, *vendu* ces *Cahiers* à la Bibliothèque royale de Berlin, on ne s'en étonnera guère. S'enrichir par les dépouilles est une pratique courante depuis que notre espèce existe. Et, d'ailleurs, les autres animaux ne valent pas mieux. Charognards, ils sont. Charognards, nous sommes.

Mais ce Schindler, puisqu'il s'agit encore de lui, a commis l'irréparable : la trahison.

Il avait séduit Beethoven par ses idées libérales. Et voici qu'avant de livrer son butin à son acheteur, il prend sur lui de trier, il censure, il épure, il jette ou brûle tout ce qui pourrait déplaire au pouvoir. La purge est sévère : il ne va livrer que… 132 *Cahiers* sur 400.

Et comme le conservateur de la Bibliothèque proteste, ayant bien remarqué les manques, le Schindler a le culot de tranquillement lui répondre :

> Il se trouvait deux livres dont le contenu dépassait de loin tout ce qui avait été écrit par cet homme. [Holz]. On y trouvait les attaques les plus grossières et les plus effrénées contre l'empereur aussi bien que contre le prince impérial – maintenant empereur –, et contre d'autres hautes personnalités de la maison impériale. C'était là, malheureusement, un thème où Beethoven se complaisait. Car Beethoven était, dans la conversation, en révolte constante contre les autorités supérieures, contre les lois et les ordonnances. Mais il était extrêmement rare qu'il trouvât dans son entourage un sympathisant qui se prêtât à ce jeu. Holz lui fut un tel partenaire, qui réussit à s'accorder complètement avec lui, en lui apportant sur ces sujets une contribution vraiment extraordinaire.
>
> Ces deux livres de conversations, par égard pour la mémoire de Beethoven, je les ai toujours mis de côté ; et jamais je ne les ai comptés [dans le contrat de vente] :

car quel mauvais usage aurait pu en être fait, s'ils étaient tombés dans des mains imprudentes !

Je suis convaincu que Son Excellence, si elle les avait lus, eût commandé de les brûler, afin que la Bibliothèque royale ne fût pas le lieu de dépôt où fussent conservées ces attaques effrénées contre les autorités suprêmes.

Lettre de SCHINDLER à Dehn[1]

1. Massin, p. 352-353.

41

Jusqu'aux derniers jours, l'amitié du vin

Parcourant la terre pour savoir quel était l'avenir de l'eau, j'ai débarqué un beau jour en Australie, avant-garde de notre sécheresse future et patrie des grands incendies d'aujourd'hui. En quête des vignerons locaux, car ces gens-là, agriculteurs d'élite, connaissent bien des mystères et notamment les conséquences les plus concrètes des dérèglements du climat, on m'indiqua Tim Kirk, propriétaire du domaine de Clonakilla. Avec ce Tim je tombai en admirative amitié. Une amitié encore accrue après qu'il m'eut fait goûter son fabuleux Shiraz-Viognier. Et c'est à ce Tim que je dois cette définition du vin, et l'une des raisons de mon affection pour lui : « Le vin, c'est de la géographie liquide. »

De cette longue relation familiale avec le vin, Beethoven n'avait pas retenu que de mauvais souvenirs. Les collines qui entourent Bonn sont pour la plupart plantées de vignes et rien n'est plus doux pour l'âme que ces paysages ordonnés dont la couleur change lentement de saison en saison. On peut imaginer des promenades où, de village en village, le petit garçon croque des raisins ; où, les semaines de vendange, il participe à ces fêtes, venues du fond des âges ; où, grandissant, il apprend à reconnaître l'infinie diversité des cépages et des crus.

Sa correspondance le prouve – et ses *Carnets de conversation*, sans compter ses œuvres –, le vin n'a jamais quitté Beethoven. « Je suis le Bacchus qui vendange le vin dont l'humanité s'enivre. » Jusque dans l'*Hymne à la joie*. Cette joie, cadeau du vin, et qui n'est pas (forcément) l'ivresse, fait partie de la civilisation. Rabelais est loin d'avoir été le seul à le chanter.

N'écoutant que ma conscience professionnelle et le respect de mes lecteurs, j'avais prévu de me rendre sur les bords du Rhin et d'y mener une méticuleuse enquête pour retrouver, et bien sûr goûter, tous les crus appréciés par le musicien. Il faut dire que, membre actif de l'Académie du vin de France, je peux disposer de son réseau d'informateurs. Hélas, le méchant virus que vous connaissez m'a interdit ce pieux pèlerinage.

42

Es muss sein, puisqu'il le faut

La vie et l'œuvre.

Jamais deux parcours n'auront autant divergé.

On dirait que l'œuvre de Beethoven répond coup pour coup aux agressions de sa vie. Plus celle-ci frappe, plus celle-là triomphe.

C'est la promesse de Heiligenstadt, tenue jour après jour dans un héroïsme bouleversant.

Si, dans tous les domaines de sa vie, sans refuge et sans répit, Beethoven accumule les souffrances, drames familiaux, rebuffades sentimentales, précarité financière, maladies enchaînées, infirmités de plus en plus invalidantes (puisque, à la surdité, maintenant totale, se sont ajoutées des conjonctivites), dans toutes les formes de son art, il se libère, il invente et triomphe.

Devait-il si cher payer sa création ?

Pour lui, sans doute, le fallait-il.

Es muss sein.

Le seizième et dernier quatuor est ainsi construit :

Muss es sein ? Le faut-il ? (*sol*, *mi*, *la* bémol).

Es muss Sein ! Es muss Sein ! Il le faut ! Il le faut ! (*la*, *mi*, *sol ; sol*, *si* bémol, *fa*).

Philippe Lecointre, mon professeur de piano, et moi avons écouté et réécouté ce quatuor. « La légèreté de Haydn et de Mozart sont toujours là mais tu entends ces lignes mélodiques brisées, ces modulations abruptes ? Ces thèmes difficilement chantables préfigurent la révolution atonale du début XXe ! Par moments, ça sonne comme du Schoenberg ! Beethoven voit le futur, plutôt il l'entend. »

*

Le début de la fin commence quatre mois plus tard, en décembre 1826.

Parmi tous les maux qui accablent Beethoven depuis tant d'années, c'est sans doute une cirrhose qui aura raison de lui. Son amitié pour le vin a été trahie.

Jaunisse, pleurésie, hydropisie, ponctions… Douleurs et fatigue extrême. Il ne va plus quitter le lit.

Janvier, février 1827. Les mieux ne durent pas. Chaque rechute est plus grave.

La visite d'amis lui donne ses joies ultimes. Les rats reviennent. Ils étaient déjà venus se faire offrir des partitions. Ils se représentent, tout sourire, et furètent : peut-être reste-t-il encore quelques reliques bonnes à vendre ? Beethoven attend quelqu'un. « Son archiduc » Rodolphe, son élève aimé. Il lui a dédié son trio préféré. Le prince ne se dérangera pas. Pas plus qu'aucun autre membre de sa caste. Ignoble noblesse, décidément. À Vienne, qui soi-disant « aimait tant » la musique, personne ne pouvait ignorer l'agonie de son plus grand musicien.

La mort survient le 27 mars, juste avant la nuit.

Avant de quitter notre Terre, au plein cœur d'un orage, il nous aura, parmi cent chefs-d'œuvre, légué son *Hymne à la joie*.

Depuis Bonn et les temps heureux de l'Université, il n'avait jamais, jamais cessé de croire que la fraternité était possible entre les hommes :

« Millions d'êtres, soyez tous embrassés d'une commune étreinte. »

43

Une statue s'en revient à Bonn

Le 29 mars 1827, alors que commence l'après-midi. Trente mille Viennois devant la maison, Schwarzspaniergasse. Mais personne de la cour. Aucun représentant de l'empereur.

À 16 heures précises, les portes s'ouvrent et paraît le cercueil, porté par huit chanteurs. Le drap noir qui le recouvre est tenu par huit maîtres de chapelle. Quarante torches les entourent, toutes brandies par des musiciens. Dans le silence, la procession s'ébranle. D'abord des prêtres, puis la famille et les proches, le dernier frère Johann et la belle-sœur honnie, Johanna, la mère du pauvre petit Karl. Pour atteindre l'église, distante d'à peine deux cents mètres, il faudra deux heures.

La musique débute par un chœur de *Wilhelm Tell*, l'opéra d'Anselm Weber, tiré du drame de Schiller. Puis deux des *Equali pour trombones* de Beethoven. Et, de retour dans la rue, la marche funèbre de la cantate opus 26.

Et c'est au tour des discours.

On en a confié le premier à Franz Grillparzer, figure emblématique des lettres viennoises, auteur de drames acclamés à l'époque, parmi lesquels *La Fortune et la Mort du roi Ottokar* et *La Juive de Tolède*.

Sur la tombe de celui qui vient de partir, nous sommes ici d'une certaine manière les représentants de toute une nation, de tout le peuple allemand, pleurant la perte d'un homme que nous honorons comme une partie de l'ancienne grandeur de notre art national, des forces spirituelles de notre patrie. [...]

La harpe qui s'est tue ! Laissez-moi l'appeler ainsi ! Car il fut un artiste, et ce qu'il fut, il le fut pour l'art. Les épines de la vie l'avaient profondément blessé, et comme le bateau qui a perdu le rivage, il chercha refuge dans tes bras, ô Toi, frère souverain du Bon et du Vrai, baume de la douleur, toi, l'Art venu du Ciel ! À toi il se cramponna, et même quand était close la porte par laquelle tu gagnais son intérieur et lui parlais, lorsque son oreille sourde l'avait rendu aveugle à ton visage, il continua de porter dans son cœur ton image, qu'au moment de mourir il avait encore en lui.

[...]

Il fut un artiste, mais un homme également, un homme à tous les sens, au plus haut sens du mot. Parce qu'il se retira du monde, on l'appela hargneux, et parce qu'il évita le sentimental, on le crut dénué de sentiment. Ah, celui qui se sait dur de cœur, celui-là ne fuit pas ! Les meilleures pointes sont les plus faciles à émousser, à se tordre ou à se briser. L'excès de sensibilité évite le sentimental ! Il fuit le monde car, dans toute l'extension de sa nature passionnée, il ne trouva pas d'arme pour s'en défendre. Il s'écarta des hommes, après qu'il leur eut tout donné, sans rien recevoir en échange. Il resta seul, car il ne trouva pas de second Moi. Mais jusqu'à sa tombe son cœur demeura humain pour tous les hommes, paternel pour tous ses semblables, bien et sang du monde entier.

Ainsi fut-il, ainsi fut sa mort, ainsi vivra-t-il jusqu'à la fin des temps[1].

Le mythe commence.

En Beethoven, et grâce à lui, se trouvent ainsi dépassées les religions, brassés les Lumières et le romantisme, accueillies les révolutions en submergeant la politique, abolies les frontières en même temps qu'exaltées les identités nationales, proclamée l'unité de l'Europe en même temps que célébrée la diversité de ses peuples, chantée l'intimité la plus profonde de la personne sans perdre la capacité de mobiliser les foules.

Cette totalité interdite à la pensée qui, par métier, se doit de choisir entre les antinomiques.

Une liberté déjà beaucoup plus assumée dans la poésie, le drame et la fiction : on trouve aussi tout et son contraire dans Homère, Cervantes, Shakespeare, Hugo.

Mais rien ne vaut la capacité d'accueil de la musique. Débarrassée du carcan des mots, elle vogue où bon lui semble et embrasse aussi large qu'elle veut.

Et c'est ainsi que vient l'idée d'une statue. Déjà, en 1837, l'inauguration d'un monument à la gloire de Gutenberg avait à Mayence rassemblé tous ceux

1. Estebán Buch, p. 132-133.

qui, bien au-delà de l'Allemagne, s'intéressaient aux livres.

Ne retenons de cette histoire que la contribution de trois musiciens immenses. Trois en lutte pour devenir « l'héritier » de Beethoven. Et trois hantés par la même angoisse : après lui, qu'écrire ?

Berlioz rêve. Pourquoi une statue ? J'ai bien mieux.

> J'équiperais un vaisseau et j'y embarquerais un orchestre ainsi composé : soixante violons, trente altos et trente violoncelles français, vingt contrebasses anglaises, quatre flûtes, quatre hautbois de Paris, quatre clarinettes allemandes, huit bassons allemands, quatre trompettes allemandes, quatre cors de Paris et quatre cors de Vienne, et deux timbaliers de Paris, puis je partirais pour la Troade.
>
> [...] Je bâtirais un temple sonore au pied du mont Ida, deux statues en décoreraient seules l'intérieur, et un soir, au soleil couchant, après avoir lu Homère et parcouru les lieux qu'immortalisa son génie, je me ferais réciter par le roi des orchestres l'autre poème du roi des musiciens, la symphonie héroïque de Beethoven[1].

Robert Schumann propose une œuvre dont les recettes participeront au financement du monument. L'histoire de cette Fantaisie en *ut* (opus 17) est un roman, et déjà par son premier titre : *Ruinen, Tropheum, Palmen. Ruines*, *Trophées*, *Palmes*. Non seulement portrait de Beethoven et de son existence tourmentée. Non seulement affirmation du romantisme (sa délectation du déclin, sa passion des

---

1. Estebán Buch, p. 146.

royaumes perdus) face à l'optimisme naïf et quelque peu vulgaire des Lumières. Mais aussi une histoire d'amour. Monsieur Wieck, le facteur de piano, ayant refusé à Schumann la main de sa fille Clara (dix-huit ans), les deux amants, séparés, s'écrivent : « Le premier mouvement pourrait bien être ce que j'ai fait de plus passionné, une plainte profonde pour toi... Entrelace deux branches de myrte, dépose-les sur sa tombe (celle de Beethoven), ensuite prononce deux noms, le tien et le mien. »

On comprend que l'œuvre se soit, aussi, appelée *Fantaisie Clara*. Avant d'être dédiée à Franz Liszt. La musique est une grande famille.

Lequel Franz Liszt, troisième héritier putatif, va enchaîner les « concerts Beethoven », avec une légitimité que personne ne lui conteste : n'est-il pas le seul en Europe à maîtriser les difficultés de l'opus 106 du maître, la redoutable *Hammerklavier* ? Une soirée restera dans toutes les mémoires, celle du 25 avril 1841, dans la grande salle du conservatoire de Paris : le concerto en *mi* bémol, dirigé par... Berlioz.

L'argent réuni, il fallait choisir l'artiste. Ernst Julius Hähnel s'imposait. *Le* créateur idoine car spécialisé en monarques (généralement à cheval) et en génies (Michel-Ange, Dante, Raphaël...). Beethoven fut coulé en bronze à Nuremberg, dans le nord de la Bavière. Il restait à transporter l'œuvre haute de deux bons mètres et pesant plusieurs tonnes. Une charrette tirée par des chevaux ou des bœufs fut-elle préférée ? Ou, tout du long du parcours, la voie aquatique ? Amoureux des cours de l'eau, j'ai consulté la carte. La Pegnitz rejoint la Regnitz qui se jette dans le Main qui s'unit au Rhin, juste en face de Mayence. Les chroniques ne nous renseignent pas sur cette première partie du voyage. Une chose est sûre : à partir de cette confluence, Beethoven fut porté sur un bateau et descendit le Rhin.

Les festivités s'étendirent sur trois semaines, au cœur de l'été 1845.

Estebán Buch a retrouvé le reportage de *La Revue et gazette musicale de Paris* :

> Hier au soir, la statue de Beethoven est arrivée dans notre ville sur un navire escorté d'innombrables canots remplis d'habitants des villes voisines, et qui tous étaient illuminés et ornés de drapeaux et de verdure. Les rives du Rhin étaient couvertes d'une foule immense, et au débarcadère de Bonn se tenaient les membres du comité de l'érection du monument ainsi qu'un grand nombre de musiciens et de dilettanti, et les étudiants de l'Université tous armés de flambeaux. L'arrivée de la statue a été saluée par les cris de vivat ! et par diverses salves d'artillerie. Le monument, qui était enveloppé de toiles, a été immédiatement débarqué et placé sur un chariot orné de fleurs, qui l'a transporté à la place de la cathédrale. Cette voiture était précédée et suivie par les jeunes gens avec leurs flambeaux, qui pendant le trajet ont chanté des chants nationaux. Toutes les maisons des rues que le cortège a traversées étaient illuminées avec des bougies placées aux fenêtres, et à presque tous les étages de ces maisons il y avait des drapeaux[1].

---

1. Estebán Buch, p. 157-158.

Une foule a envahi Bonn, changée en supermarché Beethoven. Pas moins de dix propriétaires se battent pour alpaguer le chaland. Chacun affirme que sa maison est la seule « vraie » de Beethoven, n'écoutez pas mon escroc de voisin ! Ils ne sont pas les seuls à se comporter en voyous. Écoutez ce qu'avoue sans vergogne un certain musicien français, Antoine Elwart :

> [...] il s'est livré « à toutes sortes de larcins, et cela avec un bonheur dont un touriste anglais serait fier : à l'aide d'un petit canif j'ai coupé un morceau de la rampe en bois de l'escalier, un autre fragment du clavecin d'étude de Beethoven, une corde du même instrument, un éclat de la caisse de chêne de son orgue, et enfin un notable fragment du châssis de la fenêtre de sa chambre de travail[1] ».

Chacun tente ainsi d'arracher des « reliques précieuses ». Les plus honnêtes les achètent aux commerçants de la ville qui vendent du Beethoven à tour de bras.

Pendant ce temps, frappent les marteaux et grincent les scies car on construit le hangar immense capable d'accueillir le concert.

Toute l'Europe de la musique est venue. Les Italiens seuls ont boudé : Beethoven n'est pas leur tasse de thé. Il manque aussi certains Allemands, et pas des moindres (Schumann, Wagner). Faute de pouvoir clamer leur jalousie, ils ont prétexté des obligations urgentes et non négociables. D'autres

1. *Ibid.*, p. 158-159.

célébrités les ont remplacés. Dont George Sand. Et la cohorte habituelle des demi-mondaines, parmi lesquelles Lola Montès, que nous retrouverons.

C'est Franz Liszt le chef de la fête. Il dirige tout, il veille à tout, il règle tout, à commencer par les caprices des musiciens et des monarques : ils se ressemblent en ceci qu'ils n'aiment rien tant que se désister au dernier moment.

Pour satisfaire le plus grand nombre, on retarde l'événement. On occupe comme on peut les pèlerins : une *Missa solemnis* et une *Neuvième* pour inaugurer le hangar, promenade sur le Rhin pour baptiser le vapeur *Ludwig van Beethoven*.

Et le grand jour finit par se lever, le 12 août 1845.

La ville entière gagne la place de la cathédrale où se dresse la statue, encore cachée sous une toile.

Les majestés paraissent au balcon d'une des maisons : le roi et la reine de Prusse, Victoria et Albert d'Angleterre.

Acclamations !

C'est au compositeur Heinrich Carl Breidenstein que revient l'honneur de parler.

Personne n'entendra son trop long discours. Le vent le lui a volé.

L'instant solennel est venu.

Le voile tombe.

Nouvelles acclamations de la foule.

Mais grimaces des majestés ! On les a mal placées ! Beethoven leur montre son cul.

Après cette terrible gaffe, Liszt sauve la cérémonie en deux concerts. Le soir, il dirige diverses compositions du maître. Le lendemain, il présente sa cantate, elle aussi consacrée à « l'inauguration de la statue ».

On l'aura deviné, cette cantate est hommage à la *Neuvième*.

Après ces hauteurs, retour au ras du sol, c'est-à-dire au banquet. Dans la grande salle de l'hôtel Goldener Stern, l'étoile d'or.

On étouffe, alors on boit.

Vient l'heure des toasts.

Liszt se lève et rien à dire sur ses premières phrases.

« Saluons toutes les nations rassemblées pour rendre hommage au Maître ! Longue vie et prospérité à ceux qui sont venus ici en pèlerins… »

Hélas, il ne va lever son verre qu'aux Hollandais, aux Anglais, aux Viennois.

Hippolyte Chenard se dresse. C'est un musicien parisien établi en Allemagne. Il hurle : vous avez oublié les Français !

Liszt a beau tenter de s'expliquer, un tumulte lui répond. D'un bout à l'autre de la salle, on crie, on s'invective, on s'insulte, à deux doigts d'en venir aux mains.

Léger répit lorsqu'un nouveau toast est adressé à la reine Victoria, dont il faut se rappeler qu'elle honore toujours de sa présence cet incroyable charivari.

Lequel reprend de plus belle, lorsqu'un Français lance : « L'omission du roi Louis-Philippe est une insulte à la grande nation française ! » Un Anglais lui répond : « Pourquoi pas un toast à l'empereur de Chine ou au cham des Tartares ? »

Enchantée de ce capharnaüm, et comme tout le monde fort éméchée, Lola Montès s'est hissée sur une table et danse.

Dehors, solitaire sur sa place et toujours cul aux majestés, Beethoven regarde la cathédrale.

Le « culte » continuera.

Chaque musicien, dont Wagner, créera « son » festival Beethoven. En 1927, la planète entière fêtera le centième anniversaire de sa mort. Les Amériques, du Nord et du Sud, le Japon, la Russie soviétique. Modernité aidant, « rien de plus fascinant que l'image d'un homme civilisant la Terre par sa musique, un missionnaire ayant raison des frontières de l'espace grâce à un message capable de toucher les êtres humains nés au plus loin de sa maison et de son piano[1]».

Six petites années plus tard, Hitler arrivait, démocratiquement, au pouvoir. Hitler, admirateur passionné de Beethoven, comme nous savons.

Et cinq autres années après, les armées allemandes envahissaient Vienne.

*

Alors aux fracas grotesques et sans lendemain des célébrations, préférons le voyage en bateau, deux ou trois jours avant d'arriver. L'été vient de naître. Il fait si beau, si doux sur l'eau. (S'il eut un « Papa », Haydn, Beethoven eut un père, « *Vater* », le Rhin.)

---

1. Estebán Buch.

C'est si bon de glisser entre ces collines où mûrissent les raisins. Enfermé dans sa statue, Beethoven peste. Il aimerait tellement s'évader, recommencer les promenades de son enfance. On sait, depuis François Jacob, que certains d'entre nous portent depuis leur plus jeune âge une « statue intérieure ». Mais il est des statues qui gardent en elles un enfant. Pourquoi a-t-il fallu attendre d'être prisonnier de sa gloire pour revenir à Bonn, sa chère ville tant aimée et pourtant quittée, et jamais revue, depuis trente-cinq ans, le temps d'une vie ?

44

Fraternités

La fraternité est un emboîtement de royaumes.

De vrais royaumes, avec leurs territoires et leurs rêves, leurs musiques et leurs légendes, leurs héros et leurs traîtres.

La vie de Beethoven peut se raconter du point de vue de toutes les fraternités.

Sa vie abonde en frères et sœurs.

Sa première fraternité, le cadeau pour lui empoisonné du royaume de l'enfance, lui collera aux basques son existence entière. Avec son neveu Karl, il boira cette malédiction jusqu'à la lie.

La deuxième fraternité, celle de l'amitié, sera le port de sa vie, le socle, le repos, la certitude malgré les brouilles ou renforcée par elles, le lieu du monde où l'on revient se réparer des tempêtes, où l'on repuise des énergies pour repartir vers de nouveaux horizons.

La troisième fraternité, celle des livres, ne quittera pas non plus cet autodidacte lecteur forcené. En Prométhée, Ulysse, Hamlet, Werther il aura trouvé des compagnons aussi réels que ceux de chair et de sang, et souvent plus fidèles car moins sensibles aux mouvements d'humeur.

Au quatrième royaume il avait cru. Frère d'armes des révolutionnaires, il le serait volontiers devenu.

Si le mot fraternité n'est pas explicitement mentionné dans la Déclaration des droits de l'homme et du citoyen d'août 1789, l'idée dérive directement du principe d'égalité proclamé dès l'article 1 : « Les hommes naissent et demeurent égaux en droits. »

Fraternité va devenir le refrain révolutionnaire. « Salut et fraternité » se lancent les citoyens lorsqu'ils se rencontrent.

Le 14 juillet 1790, à la Fête de la Fédération, La Fayette prête un serment solennel : « Nous jurons [...] de demeurer unis à tous les Français par les liens indissolubles de la fraternité. »

La fraternité, ferment de la nation. Raison pour laquelle « il sera établi des fêtes nationales pour conserver le souvenir de la Révolution française, entretenir la fraternité entre les citoyens, et les attacher à la Constitution, à la patrie et aux lois » (Constitution du 3 septembre 1791).

Actualité ! Lorsque disparaît le seul vrai fondement, celui de la fraternité, la démocratie tangue, les élections ne donnent plus de légitimité.

La Terreur d'abord, puis la trahison de Buonaparte l'ont dégoûté des grands élans collectifs. Décidément, la France n'était qu'un peuple d'agités écervelés, et ses gouvernants qu'une suite d'outres gonflées d'orgueil et d'avidité.

Restait l'humanité, le cinquième royaume de la fraternité.

Il s'y plongera dans la fièvre, car c'est là, et là seulement, que se tenait l'espérance.

Choisir une telle optique planétaire empêche la déception. Impossible, à cette échelle, de repérer les mesquineries des hommes. De haut, on ne voit que leurs rêves.

Et la musique ? N'est-ce pas le sixième royaume ou le premier, en tout cas le principal ?

Pour ceux dont, par malédiction, je suis, qui ne sont *pas musiciens*, cette infirmité est ressentie comme un rejet, un exil à jamais, une interdiction de terre promise. On reste au-dehors, à tendre l'oreille et à considérer, désolé, ses dix doigts incapables de rien *jouer.* Dès la première note, les musiciens se *reconnaissent.* Ils savent qu'ils sont de la même *confrérie.* Et nous, les exclus, ne pouvons que les regarder s'embrasser. Et qu'importe si, par la suite, la jalousie les déchirera, ils sont d'un autre monde. Aristocrates dont aucune nuit du 4 Août n'aura aboli les privilèges. Au regard de la musique, on aura beau faire, et même s'il faut (beaucoup) travailler, les hommes ne naissent pas égaux en droits. Certains ont l'ouïe qu'il faut, *absolue*, d'autres se contentent d'entendre.

Et ce sang bleu, cette noblesse-là est la première des *mondialisations.* Au bord du fleuve Niger, dans la ville de Niafunké, j'ai entendu converser en musique Ry Cooder et Ali Farka Touré, deux hommes qui n'avaient pas d'autre langue commune. C'était un temps jadis, d'il n'y a pas plus de quinze ans, un temps où le Sahel était l'endroit du monde le plus *fraternel* de la planète. À quel moment s'y installa la barbarie ? Fut-elle précédée par l'interdiction de la musique ? Ou de cette interdiction la barbarie est-elle la fille cruelle et desséchée ?

Mais pour dire la fraternité, le substantif ne suffit pas. Ce noble substantif Fraternité appelle les flonflons, les défilés. Il reste dans la solennité. Et les généralités.

C'est l'adjectif qui exprime le mieux la réalité de ce trésor. Tendez l'oreille. Que vous dit le mot fraternel ? Pourquoi ces trois petites syllabes déclenchent-elles en vous tant d'émotion ? Pour un peu, des larmes vous viendraient.

Fraternel.

Un geste « fraternel », c'est sans rien dire la main posée sur l'épaule d'un ami qui vient de perdre un être cher ; c'est le mot juste envoyé au bon moment ; c'est le cadeau d'une dédicace qui vous rend soudain moins seul ; c'est le sourire à un enfant pour lui prouver 1) qu'il est compris 2) qu'on n'est pas plus adulte que lui.

La fraternité est comme l'amour, dont elle fait d'ailleurs partie : il n'y a pas de fraternité sans preuves. Et ces preuves sont ces gestes.

Combien de révolutionnaires se gargarisèrent de Fraternité, sans être capables du moindre geste fraternel ? Divorce entre le substantif et l'adjectif qui augurait bien mal de leur Révolution.

D'exprimer la fraternité, personne n'en eut plus le génie que Beethoven. Pour réveiller les foules et faire monter en elles la magie trouble de l'unisson, aucune autre musique, aucune autre symphonie mieux que sa neuvième, n'en eurent plus le pouvoir.

Mais, derrière sa capacité quasi militaire de mobilisation, si son œuvre nous touche à l'âme, c'est qu'il trouve en nous le frère.

Frère il le fut, pour tant de gens, et toute sa vie.

Emporté, maladroit, mal léché, désordonné, aussi fort, plus fort et plus courageux qu'aucun de nous ne le fut jamais mais aussi plus fragile, plus à vif car plus vivant. Et d'abord habité par un perpétuel, par un torrentiel besoin de donner. « Aucun de mes amis ne doit manquer de rien, tant que j'ai quelque chose. » « Je n'ai jamais pensé à écrire pour la gloire et les honneurs. Ce que j'ai dans le cœur, il faut que ça sorte, voilà pourquoi j'écris. »

Et c'est ainsi, moins par le substantif que par l'adjectif, que fut, grâce à lui, complétée l'espèce humaine.

« Il n'y a rien de plus haut que de s'approcher de la divinité plus que les autres hommes, et, de là, répandre les rayons de cette divinité aux autres hommes. »

45

Un jour de joie

Le soleil brille sur la ville de Nuremberg. Ce doit être un dimanche. L'été ne va plus tarder. Une foule joyeuse se promène entre les jongleurs et les magiciens. On dirait le Moyen Âge. Il manque un ours, qui danserait. Devant la cathédrale, un jeune homme en frac promène paresseusement son archet sur les cordes d'une contrebasse. Il porte des lunettes noires. Ce doit être un aveugle. Il joue trop bas pour qu'on l'entende. Devant lui, un haut-de-forme attend les pièces de monnaie. Un carillon sonne midi. Les pigeons s'envolent.

Soudain, une petite fille brune s'approche. Jeans bleus et tricot prune. Je ne lui donnerais pas plus de huit ans. Elle regarde celui qui ne voit pas et que personne n'écoute. Elle porte un sac de toile. Elle en sort une flûte et se met à jouer. Le même air que l'aveugle en frac. *Fa* dièse, *sol*, *la*, *la*, *sol*, *fa* dièse, *mi*, *ré*, *mi*, *fa* dièse. La mélodie la plus simple du monde. Départ au *fa* dièse, retour au *fa* dièse.

Et c'est alors que la joie commence.

Car un violoncelle, à son tour, s'avance, porté par une Japonaise. Bientôt rejointe par un, puis deux, puis trois violons. Puis un basson. L'un après l'autre, ils entrent dans la musique. Qui enfle et grandit. Un orchestre est venu, comme ça, né du dimanche ou du printemps, un orchestre de tous les âges. Et puis les cors accourent, juste à temps, deux jeunes femmes blondes : elles ont failli manquer leur entrée. Un homme est sorti du rang, cheveux gris bouclés. Il bat l'air de ses deux mains. Ce doit être qu'il dirige.

Si vous voulez retrouver ce paysage de joie, rien de plus facile : rendez-vous sur la toile et tapez « flash mob nürnberg ». Vous apprendrez même la date de ce jour ordinaire là, le 14 juin 2014.

Et maintenant, tout le monde chante :

Freude !
Freude !
Schöner Götterfunken
Tochter aus Elysium.

Joie,
Joie, belle étincelle des dieux
Fille de l'Élysée.

Les enfants dansent avec leurs mamans. Des sourires illuminent les visages. Les jongleurs et les magiciens, un peu désolés, se demandent quand reviendra leur tour d'enchanter.

Conclusion

Un génie fraternel

Pourquoi raconter la vie des génies ?

Pour se nourrir de grandeur ?

Pour s'approcher du feu ?

D'abord pour tenter d'entendre la voix qui accompagne une œuvre.

Je me souviens de mon tout premier vrai texte. J'avais dix-neuf ans et je suivais, à l'école dite des « Hautes Études », les cours de Pierre Francastel. Tous les mercredis, à 17 heures pile, il nous apprenait « la naissance et la destruction d'un espace plastique », plus simplement à lire la peinture.

D'après lui, Paolo Uccello (1397-1475) se réveillait toutes les nuits pour aller peindre, notamment la bataille de San Romano ou l'affrontement de saint Georges avec le dragon. À sa femme qui lui reprochait ses absences, il aurait répondu : « La perspective est une chose si douce... » Alors j'avais pris le train de nuit pour Florence. Je voulais faire connaissance avec le pays de cette douceur. Je me disais sans doute qu'elle pourrait me servir pour le reste de mon existence.

Ayant raconté Le Nôtre, jardinier de Versailles, figurez-vous qu'il me parle, chaque fois que je tourne autour du Grand Canal : « C'est l'esprit qui crée la perspective, Erik. Mais c'est la marche qui la fait vivre. »

Ayant raconté La Fontaine, je m'y ressource en langue française et en leçons de liberté, quoi qu'il arrive, et même et d'abord face aux plus puissants, fussent-ils rois soleils.

Ayant raconté Pasteur, j'éprouve l'angoisse du chercheur, tout au long de ce terrible été 1885, dans la bonne ville d'Arbois. Le jeune Joseph Meister, mordu par un chien, vient de recevoir son traitement. Deux interrogations alternent, une angoisse et un vertige : « Va-t-il survivre ? Se pourrait-il que j'aie vaincu la rage ? » Lentement, si lentement, les heures passent. Chaque fin de matinée, le facteur apporte des nouvelles de Paris.

Ayant raconté Beaumarchais, je suis Figaro, je sais que je vais inspirer Mozart et redevenir Suzanne pour tenter de rendre à nouveau jaloux le Comte.

Alors, pourquoi Beethoven ?

Pour le non-musicien que je suis, tenter de m'immiscer dans le royaume ?

Génie.

Beethoven en incarne toutes les définitions (Littré).

« Esprit ou démon, bon ou mauvais, qui préside à la destinée de chaque homme. »

« Dans la féerie, nom donné aux différents esprits que recèlent les éléments, les bois, les montagnes… »

« Talent inné, disposition naturelle à certaine chose (semblable aux qualités brillantes qu'on attribue aux génies). »

« Aptitude spéciale dépassant la mesure commune. »

Génie, Beethoven ? Qui me contredira ? Mais génie fraternel.

Commençant à deviner quel être, quel être humain il fut, je n'entends plus seulement sa musique. Quelles que soient les œuvres, une ligne m'accompagnera désormais, une basse continue, la chanson du mal-aimé, celle de l'éperdu, même dans le finale le plus triomphant.

Alors je me rappelle son voyage d'hiver, celui d'un petit garçon de onze ans parti en Hollande avec sa mère pour une tournée de virtuosité. Le froid de ce novembre-là, sur le Rhin, je le sens par tous mes os. Et je cours me réfugier dans les bras de Maria Magdalena. Tous ceux qui l'ont connue vous affirmeront qu'elle était un ange de douceur.

Qui suis-je pour oser vouloir embrasser cette tête trop grosse ?

Au cœur de toute vie peut-être faut-il chercher le voyage d'hiver, la glace et les bras qui s'ouvrent.

GRATITUDES

Certains livres sont les enfants d'un autre livre. Sans ce livre-là, leur géniteur-génitrice, le mien n'aurait pas vu le jour.

Sans l'immense *Ludwig van Beethoven* de Brigitte et Jean Massin, jamais, jamais je n'aurais osé raconter.

Les Massin sont des savants, je ne suis qu'un promeneur. Leur biographie est un trésor, un chef-d'œuvre de générosité, d'attention méticuleuse, de sympathie bouleversante. Grâce à elle, grâce à eux, j'ai pu m'approcher au plus près de ces trois insondables mystères : qu'est-ce que la musique ? Qu'est-ce qu'un génie ? Et quelle est cette passion, cette douleur et cette espérance qu'on appelle Fraternité ?

La seconde origine de ma promenade est *La « Neuvième » de Beethoven,* une formidable recherche, menée par Estebán Buch et publiée dans l'inépuisable « Bibliothèque des Histoires », proposée chez Gallimard par Pierre Nora. Comme l'écrit son auteur, immense érudit mais aussi narrateur vif et plein d'allant, cette symphonie a connu le plus grand des *succès... politiques.* Le récit de son parcours permet de vérifier l'incomparable pouvoir mobilisateur de certaines musiques. Plongez-vous dans cette histoire, vous comprendrez mieux la logique des foules, pour le meilleur, la fraternité, ou pour le pire, les extases des foules nazies. Merci à vous, monsieur Buch !

En même temps qu'écouter Beethoven, *tout* Beethoven, encore et encore, en même temps que tenter de jouer, timidement et maladroitement, si pesamment, certaines des plus « faciles » de ses œuvres, j'ai lu, bien sûr, beaucoup lu. La littérature sur l'enfant de Bonn est un fleuve inépuisable et sans cesse renouvelé. Dans ce flux, je voudrais saluer particulièrement :

À tout seigneur, tout honneur, André Tubeuf, *Beethoven* (Actes Sud),

Philippe Autexier, *Beethoven, la force de l'absolu* (Gallimard, « Découvertes »),

Élisabeth Brisson, avec une admiration intimidée :

Sacre du musicien : la référence à l'Antiquité chez Beethoven (CNRS),

Ludwig van Beethoven (Fayard/Mirare),

Guide de la musique de Beethoven (Fayard),

Beethoven (Éditions Ellipses),

Bernard Fauconnier pour son excellente biographie (Gallimard, « Folio »),

Bernard Fournier, *Le Génie de Beethoven* (Fayard),

Nathalie Krafft, *Beethoven par lui-même,* une mine de citations, assorties de commentaires lumineux (Buchet-Chastel),

Charles Rosen, *Le Style classique : Haydn, Mozart, Beethoven* (Gallimard, « Tel »),

Joseph Rovan, *Histoire de l'Allemagne*, le livre de référence (Le Seuil, « Points »),

Friedrich von Schiller, *Poésies* (Hachette Livre/Bnf),

Wagner, ses écrits sur Beethoven (Gallimard),

Emmanuel de Waresquiel, le plus éclairant des récits sur cette bascule entre XVIIIe et XIXe siècle, *Talleyrand, le prince immobile* (Fayard).

Et sortir de son bien trop long purgatoire Romain Rolland, ne serait-ce que pour son roman-fleuve *Jean Christophe,* mais aussi pour *De l'Héroïque à l'Appassionata*, *Goethe et Beethoven*, *La Cathédrale interrompue.*

Et, bien sûr, s'émerveiller de TOUS les livres de Vladimir Jankélévitch, dont *L'Enchantement musical* (Albin Michel).

Et, pour compléter votre bonheur, un délice : Jean Echenoz, *Au piano* (Minuit).

Jean-Baptiste Cuisinier est l'un des plus beaux cadeaux offerts à mon existence. Il dirigeait à Versailles l'École nationale supérieure du paysage dont je venais, manigance aidant, d'être élu président. Il m'a pris sous son aile pour compléter une formation très insuffisante. Car ce polytechnicien viticulteur et cavalier, ingénieur des eaux et forêts, est aussi un très bon pianiste. Vous pouvez imaginer l'exigence de sa relecture. D'autant que sa fille Edmée s'en est mêlée, elle aussi polytechnicienne, elle aussi grande musicienne. Si je n'ai pas tout déchiré, c'est que l'impudence est, décidément, ma seconde (ou première) nature.

Et puis merci, merci à ce trio, ce rêve de trio que nous avons créé. Imaginez : au piano, Michel Dalberto ; au violoncelle, Henri Demarquette. Et moi au crayon, c'est-à dire au récit. Toute mon existence je me rappellerai ce samedi de septembre. En bordure de la plus grande forêt du Perche, dans la si belle église Saint-Sauveur de Bellême, nous racontions, en paroles et musique, le poème de Schiller, la montée de toute une existence jusqu'à la joie, l'hymne de l'Europe enfin unie. Michel et Henri m'avaient embarqué. Oubliant pour une heure mon illégitimité foncière, et ce que je sais de ma pratique régulière de l'escroquerie, je me sentais musicien, enfin musicien. Cette histoire, nous devions la porter un peu partout. Le méchant virus que vous savez en a décidé autrement. Mais vous ne perdez (presque) rien pour attendre.

Je vous le disais, un livre est un bateau fragile, qui n'est rien sans son équipage. Salut respectueux à mes supérieurs : Alice d'Andigné, ma capitaine et son adjointe de bel avenir, l'implacable Franco-Chinoise Mélie Chen, si cruelle à ses heures, vous me permettrez de n'en pas dire davantage, vous pleureriez de compassion.

Quant à mon frère Thierry, le seul musicien de la famille, qu'il soit dans les siècles des siècles remercié de ne pas m'avoir abandonné à mon triste sort d'humain privé d'oreilles.

Table

DU MÊME AUTEUR :

Loyola's Blues, roman, Éditions du Seuil, 1974 ; coll. « Points ».

La Vie comme à Lausanne, roman, Éditions du Seuil, 1977 ; coll. « Points », prix Roger-Nimier.

Une comédie française, roman, Éditions du Seuil, 1980 ; coll. « Points ».

Villes d'eaux, en collaboration avec Jean-Marc Terrasse, Ramsay, 1981.

L'Exposition coloniale, roman, Éditions du Seuil, 1988 ; coll. « Points », prix Goncourt.

Besoin d'Afrique, en collaboration avec Éric Fottorino et Christophe Guillemin, Fayard, 1992 ; Le Livre de Poche.

Grand amour, mémoire d'un nègre, roman, Éditions du Seuil, 1993 ; coll. « Points ».

Mésaventures du Paradis, mélodie cubaine, photographies de Bernard Matussière, Éditions du Seuil, 1996.

Histoire du monde en neuf guitares, accompagné par Thierry Arnoult, roman, Fayard, 1996 ; Le Livre de Poche.

Deux étés, roman, Fayard, 1997 ; Le Livre de Poche.
Longtemps, roman, Fayard, 1998 ; Le Livre de Poche.
Portrait d'un homme heureux, André Le Nôtre, Fayard, 2000.
La grammaire est une chanson douce, Stock, 2001 ; Le Livre de Poche.
Madame Bâ, roman, Fayard/Stock, 2003 ; Le Livre de Poche.
Les Chevaliers du Subjonctif, Stock, 2004 ; Le Livre de Poche.
Portrait du Gulf Stream, Éditions du Seuil, 2005 ; coll. « Points ».
Dernières nouvelles des oiseaux, Stock, 2005 ; Le Livre de Poche.
Voyage aux pays du coton, Fayard, 2006 ; Le Livre de Poche.
Salut au Grand Sud, en collaboration avec Isabelle Autissier, Stock, 2006 ; Le Livre de Poche.
La Révolte des accents, Stock, 2007 ; Le Livre de Poche.
A380, Fayard, 2007.
La Chanson de Charles Quint, Stock, 2008 ; Le Livre de Poche.
L'Avenir de l'eau, Fayard, 2008 ; Le Livre de Poche.
Courrèges, X. Barral, 2008.
Rochefort et la Corderie royale, photographies de Bernard Matussière, Chasse-Marée, 2009.
Et si on dansait ?, Stock, 2009 ; Le Livre de Poche.
L'Entreprise des Indes, roman, Stock, 2010 ; Le Livre de Poche.
Princesse Histamine, Stock, 2010 ; Le Livre de Poche Jeunesse.
Sur la route du papier, Stock, 2012 ; Le Livre de Poche.

La Fabrique des mots, Stock, 2013 ; Le Livre de Poche.
Mali, ô Mali, Stock, 2014 ; Le Livre de Poche.
La Vie, la mort, la vie : Louis Pasteur 1822-1895, Fayard, 2015 ; Le Livre de Poche.
L'Origine de nos amours, roman, Stock, 2016 ; Le Livre de Poche.
La Fontaine : une école buissonnière, Stock, 2017 ; Le Livre de Poche.
Géopolitique du moustique, Fayard, 2017 ; Le Livre de Poche.
Désir de villes, avec Nicolas Gilsoul, Robert Laffont, 2018 ; Le Livre de Poche.
Beaumarchais : un aventurier de la liberté, Stock, 2019 ; Le Livre de Poche.
Briser en nous la mer gelée, roman, Gallimard, 2020.
Cochons : Voyage aux pays du Vivant, Fayard/Stock, 2020 ; Le Livre de Poche.
Les Mots immigrés, avec Bernard Cerquiglini , Stock, 2022.
La Terre a soif, Fayard, 2022.
Histoire d'un ogre, roman, Gallimard, 2023.

PAPIER À BASE DE FIBRES CERTIFIÉES

Le Livre de Poche s'engage pour l'environnement en réduisant l'empreinte carbone de ses livres. Celle de cet exemplaire est de :
200 g éq. CO_2
Rendez-vous sur www.livredepoche-durable.fr

Composition réalisée par PCA

Achevé d'imprimer en France par
CPI BRODARD & TAUPIN (72200 La Flèche)
en mars 2023
N° d'impression : 3051958
Dépôt légal 1re publication : avril 2023
LIBRAIRIE GÉNÉRALE FRANÇAISE
21, rue du Montparnasse – 75298 Paris Cedex 06

75/7699/0